雖然是公會的
uketsukejou saikyou
櫃檯小姐，
但因為不想加班
所以打算
獨自討伐
迷宮頭目
U0119072
1
[著] 香坂マト
[ill] がおう

雖然是公會的櫃檯小姐，但因為不想加班所以打算獨自討伐迷宮頭目

uketsukejou saikyou

登場人物介紹

CHARACTER:1

亞莉納・可洛瓦

從事理想職業「櫃檯小姐」的少女。不奢求有大成就，只想過安心、穩定的日子，對現在的工作很滿意，但工作量持續過大時，會顯露出不為人知的一面……？

CHARACTER:2

處刑人

傳說中手段高明的冒險者，會在攻略不下的迷宮中颯爽出現，單獨討伐頭目後，一言不發地離去。雖然有人說本人一定是大帥哥，但存在本身仍是謎。

CHARACTER:3

傑特・史庫雷德

公會最強隊伍「白銀之劍」的隊長，位置是盾兵（Tank）的青年。誠實不驕傲的個性與端正的外表使他擁有眾多粉絲。知道亞莉納的真實身分後，一直想邀她加入隊伍，但——

CHARACTER:4

露露莉・艾修弗特

隸屬「白銀之劍」的補師（Healer）。外表看起來有點童稚，其實是最強隊伍的一員，能使用稀有技能與治癒魔法。

CHARACTER:5

勞・洛茲布蘭達

「白銀之劍」的後衛（Back Attacker），是隊上專門炒熱氣氛的青年。身為黑魔導士，擅長強力的攻擊魔法。

因為工作穩定，
所以能貸款買自己的房子！

疲於對應蜂湧而來的冒險者
（因為攻略不下迷宮！）

雖然是公會的櫃檯小姐，但因為不想加班所以打算獨自討伐迷宮頭目

uketsukejou saikyou

〔著〕香坂マト

〔ill〕がおう

1

櫃檯小姐亞莉納‧可洛瓦喜歡平穩的生活。

她不想住豪宅，沒興趣成為有錢人或與有錢人結婚，也不想擁有波瀾萬丈的人生。她只想過普普通通的小日子，有適度的個人時間，每天靜享心靈的安樂。

因此她選擇成為櫃檯小姐。每天負責目送冒險者們前往危險的迷宮。這工作不但安心、安全，而且因為是公職，所以不必擔心失業和收入。

沒錯，打從成為櫃檯小姐的那一刻起，亞莉納就確實地得到了平穩的人生。

當冒險者們不分晝夜地在危險的迷宮中賭上性命與人生時，亞莉納可以穿著可愛的櫃檯小姐制服，笑咪咪地在任務櫃檯前接待客人，好整以暇地處理文書工作，等下班時間一到，就立刻回家——

亞莉納原本是這麼想的。

直到成為櫃檯小姐的那一刻為止。

「下一位請！！！」

亞莉納以與理想差距百倍的低沉聲音，近乎咆哮地怒吼著。

她黑色的長髮亂糟糟的，儘管瀏海垂落在臉上也沒空撥開，宛如惡鬼般瞪著冒險者們。此時此刻，見不到優雅的櫃檯小姐，也見不到好整以暇處理文書工作的人。

「下一位客人!!請!!!!」

亞莉納的咆哮聲穿梭在大批冒險者之中。

絕非是因為生氣。總是笑容滿面地處理冒險者的申請、溫柔地目送冒險者出發的櫃檯小姐，不可能會這樣嘶吼。但現在不是說那些的時候。因為不大聲咆哮的話，就沒人聽得到她的聲音，櫃檯業務就無法繼續進行。

大都市伊富爾中有複數的冒險者服務處，其中規模最大、業務最繁忙的伊富爾服務處，如今擠滿了冒險者，變得寸步難行，而且嘈雜得像在戰場一樣。

「總算輪到我了。」

然而在被擠爆的服務處內，一名冒險者回應了亞莉納的嘶吼，無視於現場情況緩步向前。

那是一名身材高大魁梧的攻擊手（Attacker）。鐵製的重裝鎧甲（Heavy Armour）炫耀似地發出響亮的聲音，揹在背上、經年使用的黑色戰斧反射著幽暗的光芒，看得出是位身經百戰的冒險者。

「你看、那是……」

「那不是『暴刃坎茲』嗎……!?」

「哇！他不是公會的精英嗎！我第一次看到本人耶！」

後方的冒險者們認出男人的身分，大廳頓時一片嘩然。

被稱為坎茲的男人頭上戴著鐵製頭盔，看不見五官，但是一見到那把黑色戰斧，亞莉納立刻認出他是誰。戰斧上刻有太陽狀的特殊魔法陣，正微微閃爍著光芒。戰斧本身也散發著與市面上流通的量產武器截然不同、不是這個時代的鍛造技術能製造的物品的氛圍。

就武器來說，那是最高級別的「遺物武器(Relic Arma)」，不是一般的冒險者能隨意取得的物品，必須深入危險的迷宮、打倒凶暴的魔物才能得到，是獨一無二的珍寶。

但就算沒有那種顯眼的特徵，亞莉納畢竟是每天面對許多冒險者的櫃檯小姐。就算再不願意，也會記得知名冒險者的長相——

（不要慢吞吞的快點過來啦————！）

她看著男人時，腦中只有這個想法。同時，也痛恨起自己的運氣不好。除了自己之外，還有另外四個窗口。然而為什麼「愛現歐吉桑」專挑這種忙得要死的時候來我的窗口啊！

儘管腦中瞬間閃過了刻薄的言語，亞莉納仍不動聲色地在臉上堆起營業用的笑容，稍微甩了一下蓬亂的頭髮，以高幾個音階的聲音開口：

「歡迎光臨。請選擇您想承接的任務。」

「貝輔勒地下遺跡，二樓守層(Floor)頭目『地獄火焰龍』的討伐任務。麻煩妳了。」

噢噢！注視著坎茲一舉一動的冒險者們喧嚷起來。

「公會的精英隊伍總算要出手討伐地下遺跡的頭目了！」

「攻略終於到尾聲了呢……！」

「沒有暴刃坎茲殺不死的魔物！」

坎茲挺著胸脯，滿意地聽著冒險者們的話語。他胸前的鎧甲上刻著一對交叉的劍，正燦然生輝。那是冒險者中經千挑萬選的強者才能加入的隊伍《白銀之劍》的象徵。

「看樣子我們深受期待呢。畢竟是經過這麼久都無法攻略完的迷宮。會找我們白銀出馬，也是莫可奈何的事呢。」

「嗯嗯，是的。」

亞莉納隨意地回應著，快手快腳地準備任務用的委託書。同時忍不住以坎茲聽不到的細微音量嘟囔。

「攻略太慢了啦——！」

「？」

「不，什麼事都沒有。那麼，假如是四人一組(Party)承接任務，請出示二級執照；假如是單獨(Solo)承接任務，請出示一級執照，並請您在委託書上簽名。」

亞莉納很快地把固定臺詞說完，將委託書遞出。儘管她希望坎茲快點簽名，但對方卻只是得意地在頭盔底下哼了一聲，並沒有拿起羽毛筆。

「我可是《白銀之劍》哦。既然妳是櫃檯小姐，就算不看執照，也知道我的階級吧？」煩死了──

「是的，我當然知道。但不論階級如何，冒險者們與危險為伍的事實仍然不變──」

亞莉納忍住煩躁，努力維持笑容。

「──為了不讓冒險者暴露於生命危險之下，確認冒險者的階級是否與迷宮的難度匹配，是櫃檯小姐的工作。要求出示執照，是為了保護冒險者的安全。」

她當然知道坎茲的等級。光是遺物武器戰斧，就足以說明他的身分了。

很久以前，這片大陸曾經極為繁榮，但住在這片大陸上的「先人」們，卻在一夜之間全部消失。遺物武器正是那些先人所留下的「遺物」之一。以高度技術製作的遺物武器，不論是攻擊力、耐久度或是強度，都並非現代武器能相提並論的。

坎茲就是使用那遺物武器，一如暴刃的外號凶暴地斬殺了許多頭目的《白銀之劍》的優秀前衛（Top Attacker），冒險者執照是二級。

但是依公會規定，不出示執照，就無法接任務。

「……是嗎？那……」

即使有亞莉納誠懇又仔細的說明，坎茲仍然有點不滿。他脫下頭盔，放在櫃檯上，露出高鼻深目、有著濃密絡腮鬍的臉。

「這樣如何？」

「請出示執照。」

「……我是坎——」

「請出示執照。」

「……」

「請出示執照。」

到了第三次，坎茲總算放棄擺架子，乖乖拿出執照。管他是精英還是什麼暴刃，亞莉納必須把所有大廳中還在等待的冒險者處理完才行。

「……哼，新人嗎？……那就沒辦法了。」

亞莉納看了一眼放在櫃檯上的銀色執照。

「感謝您的配合。那麼您是以團隊的形式前往第二層。請在確認過委託書中的內容後簽名。」

亞莉納不由分說地把羽毛筆及委託書向前推，坎茲只好不情不願地在文件上簽了名。

「那麼祝您一帆風順！」

接過簽完名的委託書後，亞莉納向坎茲露出營業用笑容，隨即將委託書放入旁邊的盒子裡。其實文件上還有尚未處理完的部分，但是只要看看後方排隊等候的人龍，就知道自己並沒

有時間。

「久等了，下一位！」

2

夜闌人靜。白天時伊富爾服務處的喧囂，就像是一場夢似的。

儘管營業時間早已結束，但服務處後方的辦公室中仍然亮著燈火。

辦公室中擺放著不少辦公桌，每張桌子上都堆放著許多文件，亞莉納正趴在文件堆得特別高的桌子上。

「啊……好累啊……」

她細弱蚊鳴地自語著，把處理完的委託書放在由文件形成的小山上。

雖然櫃檯小姐的接待業務已經結束了，但亞莉納仍然穿著公會發給的制服。反正四下無人，亞莉納脫下短靴，把黑長髮綁成馬尾，夾起瀏海露出整個額頭。桌子上放著冒險者的好朋友魔法藥水。雖然這基本上是受傷時喝的恢復藥，但人們認為它也有少許的提神效果。

其他的櫃檯小姐早就回家了，只有亞莉納仍留在職場獨自處理龐大的業務。沒錯，這是降臨於沒有在上班時間內完成業務的員工的考驗——即使超過上班時間，仍然必須工作的「加

班」。

即使早一秒也好，想盡快回家。儘管亞莉納以「認真模式」拚命工作，但視線另一頭的未處理文件，仍然是座小山。

「好想回家……」

亞莉納喃喃自語著。

想回家。想回自己的家。想窩在家裡足不出戶——亞莉納努力按下接連湧上心頭的哀號。不把這個統計作業處理完，是無法回家的。

除了要把白天時只做到一半的委託書處理完，亞莉納還必須把伊富爾服務處今天的任務件數統計出來才行。

亞莉納在十五歲時成為櫃檯小姐，到今年已經是第三年了。會把重要的統計業務交給她這個資歷尚淺的菜鳥做，是有原因的。因為若遇到像今天這樣白天擠滿人潮的情況，這項業務註定要加班才能完成，而其他前輩會因為不想加班互相推託，最後推到亞莉納手上。

「……」

我也不想加班啊。不講道理的世界使亞莉納忍不住吸了吸鼻子。她猛地拿起能強迫讓人類打起精神的魔法飲料，也就是魔法藥水一飲而盡，看向還沒處理完的、份量足以殺人的文件小山。那沒有希望也沒有夢想的無情高度，使亞莉納心中充滿絕望。

「感覺根本做不完……」

就算以魔法藥水勉強提神，人類的活力還是有極限的。最近這幾天，需要加班處理的文件不減反增，根本處理不完。

「全都是……那傢伙不好……！」

亞莉納詛咒般地低語，拿起一張特別放在旁邊的委託書。

那是白天時坎茲簽過名的委託書。討伐貝輔勒地下遺跡最底層的守層頭目『地獄火焰龍』的任務。可以說這傢伙就是讓亞莉納加班的元凶。

正因為無法打倒這魔物，地下遺跡的攻略進度才會停滯不前。只要打倒所有樓層的守層頭目，迷宮中的魔物就會一哄而散；相反的，只要守層頭目一直沒被打倒，魔物就會一直被吸引過來。

而魔物一多，冒險者也會被吸引過來——因為冒險者的主要收入，正是打倒魔物後，公會支付的酬勞。

迷宮即將被攻略完畢時，冒險者們會搶在最後一刻前盡可能多賺一點，爭先恐後地接任務。結果就是變成今天這樣，白天的服務處擠滿了人，晚上則不得不留下來加班處理沒完成的工作。

話雖這麼說，不過這種地獄般的生活通常會在幾天內結束——可是這次的地獄火焰龍太過

棘手，因此亞莉納的加班地獄已經持續將近一個月了。

「這全都是……」

亞莉納咬著嘴唇。

直到貝輔勒地下遺跡的攻略受阻為止，亞莉納的確享受著平穩的櫃檯小姐生活。處理固定的業務，準時下班回家，好好睡一覺消除疲勞，然後清爽地迎接早晨來臨，精神抖擻地出門上班。

然而，自從地獄火焰龍出現、讓她加班不斷後，亞莉納每天只能隨便吃點東西填飽肚子、倒頭就睡、瘋狂加班，重複著戰戰兢兢的生活。就連假日也得來上班，但只要那地獄火焰龍還在，這無間地獄就無法結束。

明明好不容易從事了是能一輩子安穩生活的工作——都是因為無限加班的緣故，亞莉納覺得自己離夢想中的平穩生活愈來愈遙遠了。

「……好痛苦……」

亞莉納也明白。使自己痛苦的加班，不是出於任何人的惡意。

頭目、魔物、蜂湧而來的冒險者，大家都只是拚了命地想活下去。

再說，先人們遺留在這片土地上的遺跡（迷宮）裡，不只有高價的遺物（Relic），還有許多先人寶貴的知識與未知的技術。冒險者們在迷宮中探險的成果，能把那些知識與技術回饋給伊富爾的居民，使

人民的生活更豐足。

事實上，大都市伊富爾的發展，確實與冒險者們在迷宮中取得的成果息息相關。身為伊富爾的居民之一，亞莉納必須好好感謝經常與危險相伴的冒險者們才行。

——可是啊。可是那些終究只是表面話，到頭來，不論城市發展得多好，亞莉納的加班量都無法減少。

「啊……不行。到極限了。」

亞莉納低聲喃喃，緩緩拿出新的委託書。

只要撐到地下遺跡被攻略完就好了，亞莉納一直如此告訴自己，拚命忍耐。

加班只是暫時的，就像突然襲來的暴風雨一樣。只要迷宮被攻略完畢，就會雨過天晴，恢復平穩又安定的生活。所以在那天到來以前繼續加油吧——一直以來，亞莉納都是如此咬牙撐過加班地獄的。

可是——這次的加班地獄太長了。實在是長到不行。亞莉納已經撐到極限了。

「那些傢伙……！連一隻頭目都打不倒的無能冒險者們……！！」

亞莉納說著，從制服口袋中掏出一張暗藏已久的卡片。那閃爍著金色光芒、有些厚度的卡片，是櫃檯小姐原本不該持有的一級冒險者的證明。

即使在公會中，也只有不到一成的上位高手才能持有的一級執照。對亞莉納來說，這是讓加班消失的、被封印至今的終極手段。不論使用這張卡片會導致什麼樣的結果，假如眼前的文件山能因此消失，亞莉納全都無所謂了。

「只要、只要這傢伙消失的話……！」

『獨自討伐貝輔勒地下遺跡二樓的守層頭目『地獄火焰龍』。』

因為疲勞而失去光芒的亞莉納的雙眼，微微地亮了起來。那光芒逐漸淩厲，翡翠色的雙眸中明滅著宛如盯上獵物的掠食者般的殺意。

「——我絕對要，準時下班……！」

3

很久很久以前，這片赫爾迦西亞大陸上的先人們過著繁榮、和平且富足的生活。

據說，他們得到赫爾迦西亞大陸自古以來傳承的「神(蒂亞)」的祝福，擁有高度的知識與技術，建立了現代無法想像的高度文明國家。他們以神之名，將國家命名為「神之國度(蒂亞尼亞)」。

可是先人的蹤影卻在一夜之間忽然從大陸上消失，毫無預兆地滅絕了。先人消失後，魔物蜂湧而出，在大陸橫行，原本和平富足的神之國度，一朝成為誰都無法踏入的危險地帶。

兩百年前，有一群勇敢的人踏上如此危險的地區，開始攻略大陸。沒錯，與魔物戰鬥、深

入遺跡，重建人類城市的人們。他們正是「冒險者」。

「──什麼冒險者嘛……明明就是連一隻頭目都無法打倒的廢物……！」

赫爾迦西亞大陸東方，貝輔勒森林的深處。通往地下遺跡──貝輔勒地下遺跡的入口正大開著。

亞莉納一個人走在公會建議應由四人組隊攻略的A級迷宮的最底層，一邊絮絮叨叨地口吐怨言，一邊前進。

「根本不知道我為了加班……有多痛苦……！」

先人建造的遺跡中，會出現能提升魔力的乙太，魔物們便是為了追求那些乙太而聚集過來。結果，蘊藏著珍貴先人智慧的遺跡，卻淪落為危險魔物們的巢穴。

「……加班什麼的太可惡了……」

亞莉納朝著樓層最深處前進。道路兩旁偶爾會出現從兩百年前維持至今仍然不滅的燭光，或是崩落在地上、口中啣著不可思議燐光石的雕像。這些全是以先人的高度技術製造的珍貴遺物，帶回去的話肯定能換到許多金錢──但亞莉納連看都不看那些寶藏一眼，只是快步地前進。

「……加班什麼的太可惡了……」

她身上穿的並不是平常的櫃檯小姐制服。她身披有大型帽兜的斗篷，把帽兜壓得很低，將臉完全遮住。手中不但沒有像樣的武器，身上也沒有穿戴護具。假如有其他冒險者在場，一定會緊張地阻止她繼續前進吧。

但是這裡除了她以外，沒有其他人影。

樓層最深處、乙太最濃厚的場所是樓層頭目的所在之處，通稱「頭目的房間」。為了占據乙太濃厚的區域，魔物們會互相爭奪地盤，從弱肉強食中勝出的魔物（頭目）出世後，其他魔物就不會再接近此處。同樣的，對自己的實力沒有信心的冒險者，也不敢貿然接近這裡。

「加班什麼的——」

突然，亞莉納停下了腳步。因為一扇巨大的門出現在她面前。亞莉納打開沉重地、不斷滲出濃烈乙太的門扉後，一陣陣蒸騰的熱氣迎面撲來。

門的後方，是寬闊的圓形廣場。

這肯定是古時候舉行大型儀式的場所。但如今，這個儀式場被巨大的火龍占據，而那火龍正一面咆哮，一面狂暴地活動著。

最底層的守層頭目，地獄火焰龍。

「可惡，居然這麼強……！不能想辦法接近牠嗎！」

「就連魔法也會被鱗片彈開……！」

一隊冒險者正因火龍的強大而陷入苦戰。他們的護具上刻著一對交叉的劍——是《白銀之劍》的成員。白天時來接任務的坎茲也在其中。

「我的戰斧居然不管用……」

坎茲完全不見白天來承接任務時的氣焰，只是茫然地仰頭看著守層頭目。他自豪的遺物武器戰斧出現多處缺損，可是火龍的鱗片卻毫髮無傷。

「不要放棄，坎茲！快站起來啊！」

負責防禦的盾兵(Tank)青年舉著巨大的盾牌，一面保護坎茲，一面激勵他。可是情況似乎不怎麼樂觀，只見盾兵青年苦著臉，看向地獄火焰龍。

「強到連遺物武器都不管用……這傢伙吃了遺物吧……！」

吸收更多更高濃度的乙太，能使魔物變得更強，但雖然極其稀少，也存在魔物誤吞遺物的情況。雖然絕大多數的魔物都會因遺物強烈的力量而喪命，但偶爾也會出現倖存下來的個體，得到堅韌肉體與豐沛的魔力，成為比被乙太吸引到迷宮時完全無法比擬的強化種。

「不、不行，我已經……」

儘管明白這個道理，可是剛才的衝擊太大，不只鬥志，坎茲連信心都喪失了。攻略迷宮頭目時不可或缺的前衛，再也無法振作了。

盾兵青年見狀，迷惘了一秒後，苦澀地做出決斷。

「……情況太糟了。暫時撤——咦？你是誰!?」

亞莉納從準備撤退的精英隊伍中間穿過，筆直地朝著地獄火焰龍前進。盾兵青年見狀臉色大變：

「等、等一下！你想做什麼！你的護具那麼薄，會被燒焦——」

「——發動技能，〈巨神的破鎚〉。」

亞莉納打斷青年的制止之聲，低聲呢喃道。下個瞬間，走向火龍的她腳下出現白色的魔法陣，奇妙的白光將她整個人包圍。亞莉納向前伸出手掌，一把巨大的戰鎚(War Hammer)憑空出現。

「技能!?」

「等一下，那是什麼技能!?我從沒看過能變出武器的技——」

亞莉納無視身後精英們驚愕的聲音，握住戰鎚，擺定架勢。

那戰鎚極為巨大，全長與亞莉納差不多高。鎚頭的部分有以高度技術鑲嵌的精巧銀色花紋，每道花紋都亮著白光。鎚頭一邊是平面，另一邊是能提高殺傷力的尖銳鳥喙狀構造。一眼就能看出，不是市面上流通的武器。

「……就是你啊……該死的臭龍……」

亞莉納低聲嘟噥著，走到地獄火焰龍的正前方站定。儘管那戰鎚看起來相當沉重，似乎需

要極大的力氣才能拿起，但亞莉納卻舉重若輕地將其擱在肩上。巨大的戰鎚與她嬌小的身材，看起來極為不相襯。

也許是突然察覺到了殺氣，地獄火焰龍轉頭面向亞莉納，咧開足以一口吞下她的巨嘴，露出銳利的尖牙。灼熱的火焰從牠嘴角洩出，光是鳴叫聲似乎就能把人吹跑。可是亞莉納仍絲毫不畏懼地瞪著火龍。

咕嘎啊啊啊啊啊!!

火龍咆哮起來，使儀式場為之一震，並且大大地張口，準備噴出能燒盡一切事物的「地獄火焰」。

「喂、喂！妳快閃開！想找死嗎！」

「……都是因為你……一直沒被打倒……！」

亞莉納猛地將頭抬起。

「我的加班地獄才會結束不了啦！！！」

火龍的烈焰噴發而出。「哇啊啊！」正當白銀的成員緊張地四散逃逸時，亞莉納卻面向火焰，腳往地面用力一蹬。

啪嚓！儀式場的石頭地面被亞莉納踏出裂痕。藉著那超乎常人的腿力，嬌小的身影輕鬆飛上將近天花板的高度，避開熊熊的業火。

接著，她揮動巨大的戰鎚——

「去死吧啊啊啊啊啊啊啊啊啊啊啊啊————！！！」

伴隨著飽含強烈恨意的怒吼，砸向造成她無止無盡地加班的元凶地獄火焰龍的顏面。

砰！沉悶的聲響迴蕩，儀式場劇烈地搖晃起來。氣勢萬鈞的一擊使那刀槍不入的堅硬鱗片化為碎粉，將火龍龐大的身軀打飛，火龍直直地撞上牆壁、在牆上製造出巨大的凹洞，而後滑落在地面上，不住痙攣。

「「「「…………………咦？」」」」

儀式場安靜了下來，幾道傻怔的聲音重疊在一起。

即使陷入苦戰，也無法傷及地獄火焰龍一根毫毛的隊員們，每個人都怔怔地張著嘴，因眼前難以置信的光景而失去了言語。

方才正與這地獄火焰龍戰鬥的，不是普通的隊伍。是由冒險者中千挑萬選的強者組成的精銳部隊《白銀之劍》。集結如此戰力的隊伍也束手無策的強大頭目，卻被眼前陌生的小個子冒險者一鎚打飛了，簡直豈有此理。

然而亞莉納完全不理會那凍結的氣氛，進一步上前追擊，毫不留情地舉起戰鎚，對著倒在地上痙攣的地獄火焰龍一通鎚打。

「都是！因為你！才害我要一直加班！」

帽兜下傳出憤怒的咒罵聲。喀鏘！砰咚！每當沉悶又震撼的聲音響起，火龍巨大的身體就有如布偶般左彈右跳。

「我也！不想！加班啊！」

不停砸下的戰鎚將地獄火焰龍的角打斷了。不對，牠已經被打到幾乎看不出原形，應該說是粉身碎骨了。

「也該讓我準時下班了吧！你這——」

單方面地痛毆地獄火焰龍的亞莉納似是要給牠最後一擊，微微地蹲下身子，蓄積力量，高高舉起戰鎚。戰鎚上散發出更加眩目的技能之光。

「——該死的東西——！！！」

最後一擊貫穿了頭目的腹部。地獄火焰龍忍不住將身體向後仰，痛苦地發出臨終的吶喊。最後，牠的雙眼失去光芒，頭一歪，身體化為粉末，瞬間消散無蹤。

沉默。

正當在場其他人都說不出話、儀式場被寂靜壓倒性地支配時，咕咚，重物墜地的聲音響起。一顆赤紅色的水晶出現在地獄火焰龍消失之處。紅水晶（Red Orb）內有太陽狀的魔法陣，應該是被火龍誤吞的遺物。

可是，沒有任何一個人有心情多看那貴重的寶物一眼。全體的視線，都緊盯在以帽兜遮住

臉龐的小個子冒險者身上。

我們剛才的苦戰到底算啥——目睹了那不像人類的怪力之後，他們只能茫然地原地發呆，在心中如此自問。

＊＊＊＊

擔任《白銀之劍》盾兵的傑特•史庫雷德，維持方才舉起自己愛用遺物武器的姿勢，怔怔地看著眼前的光景。

視線的另一頭，是以帽兜遮住臉龐的小個子冒險者。儘管他展現了壓倒性的力量，單方面痛打、消滅了地獄火焰龍，卻對滾落一旁的遺物絲毫不感興趣，只稍嫌不滿足似地哼了一聲，轉動了下手臂。前所未見的巨大戰鎚也無聲無息地消失了。

從頭到尾，眼前發生的一切，傑特全都無法理解。

「……騙人……的吧……」

他總算擠出了這句話。

傑特是《白銀之劍》的盾兵，總是在最前線攻略迷宮。不但負責吸引敵人的攻擊，保護同伴，同時也是指揮全局的司令官。到目前為止，他曾與許多強者並肩戰鬥，自認比誰都清楚那些高手的實力。但就算是這樣閱人無數的他，也從來沒有見過如眼前的小個子冒險者般壓倒性的攻擊力。

「……處……『處刑人』……」

坎茲小聲地道。

「……處刑人？」

「你不知道嗎？傳說中，會突然出現在攻略不下的高難度迷宮裡，單獨討伐頭目，把整座迷宮強行攻略完畢的謎之冒險者……！」

「單……單獨討伐!?」

一般來說，冒險者都是四人一組對抗魔物。強化過防禦能力的盾兵負責吸引敵人的注意力、補師(Healer)負責治療負傷的隊友、使用近戰武器的前衛擔任主要攻擊手進行特攻、使用魔法的後衛(Back Attacker)則幫前衛開路，進行援護攻擊。

人數不多也不少，是為了在狹窄的迷宮裡戰勝強敵，兩百年來經歷過許多錯誤嘗試後歸結出來的，最有效率的陣容。

特別是在對付迷宮中最上位的守層頭目時，補師和盾兵更是不可或缺的存在。單獨討伐守層頭目，可說是有勇無謀的行為。

然而，傑特確實親眼看見了。拿著巨大戰鎚的前衛，獨自與守層頭目正面對峙，不依靠其

他人的力量，單方面屠殺了守層頭目的場面。

「……」

傑特再次看向「處刑人」。

那身分不明的冒險者，無視其他一流冒險者的困惑，只是凝視著化為粉塵的地獄火焰龍，喃喃自語。

「這樣一來，明天應該就能準時下班了……」

那人說完便轉身，從傑特身旁經過，朝儀式場的門口前進。

「！」

錯身而過時，那斗篷輕輕地掠過了他。那瞬間，傑特那比其他人優秀些許的視力，不經意見到了「處刑人」帽兜下的臉龐。

不是身經百戰的強悍男子漢，也不是宛如死神的處刑人。

只是一名滿臉倦容的，人類少女。

4

「那麼，祝您一路順風！」

亞莉納站在任務櫃檯前，確認過委託書填入的內容後，以滿分一百分的笑容目送冒險者離去。櫃檯的另一邊沒有在排隊等待的冒險者隊伍。多虧如此，手中的文件不需要延後處理，可以當場完成。

貝輔勒地下遺跡被攻略完畢的隔天，原本如暴風雨般襲向服務處的冒險者們一下子無影無蹤，亞莉納環視著安靜下來的伊富爾服務處。

陽光從挑高天花板的天窗灑落，照亮寬敞的大廳。冒險者們聚集在占了整面牆的巨大任務板前，或是認真地挑選任務，或是熱烈地交換情報。利用先人的技術開發的最新式任務板，會不停地自動更新任務，讓冒險者看到最新的資訊。

這正是亞莉納追求的景色。

不過，在確認過沒有其他想接任務的冒險者後，亞莉納立刻在櫃檯放上「暫停受理」的牌子，匆忙地躲到後方。

「我又……做了……」

她坐在休息用的椅子上，以雙手遮臉，懺悔自己的愚蠢。

「啊啊啊啊我又做了啊啊啊啊……」

亞莉納無力地呻吟著。她緩緩抬頭，視線鎖定在一張紙上。那是公會發出的尋人委託。今天早上，這張告示被發放到大都市伊富爾內所有的服務處，委託內容是希望尋找某位冒險者。對方個子不高、身穿斗篷、長相與性別皆不明。以巨大的銀色戰鎚為武器。其名為──「處刑人」。

「我真是……笨蛋……」

亞莉納再次無力地垂下頭。

攻略了貝輔勒地下遺跡之後，任務的承接量確實減少了許多。這樣一來，只要再過幾天，亞莉納就能把至今累積的文件處理完畢，準時下班回家──然而代價是「單獨討伐了地獄火焰龍的『處刑人』」的傳聞一口氣在冒險者之間擴散開來，不僅如此，公會還為了任命「處刑人」為《白銀之劍》的攻擊手，開始到處找人。

這就是無法忍受這次時間太長的加班地獄，完全忘了自我的結果。

「……」

亞莉納瞥了一眼默默收在口袋中的金色執照卡片。

身為櫃檯小姐的亞莉納，為什麼會有這種東西呢？答案只有一個。就是為了打飛造成加班的原因──迷宮頭目，攻略迷宮，以武力消滅加班。

假如沒有這張一級執照，別說一個人討伐頭目了，就連承接高難度迷宮的任務都不行，所以亞莉納才會以假名製作了它。

（……還沒被掌握到關鍵證據才對……而且我也有事先遮住臉。沒問題沒問題。）

亞莉納如此告訴自己，看著尋人委託，重重地嘆氣。

《白銀之劍》明明已經有暴刃坎茲擔任前衛了，為什麼還要拚命尋找同樣定位的戰鎚使用者呢？這是有原因的。

「──『暴刃坎茲』要退休了啊。」

兩名年輕冒險者的對話鑽入耳中。他們正坐在服務處的角落，打開報紙，感慨地看著上面的新聞。

「受了無法痊癒的傷，因而決定退休……戰況一定很艱難吧。看到這種新聞，就會擔心自己能當冒險者當到什麼時候呢……」

「是嗎？我倒是想趁這個機會加入《白銀之劍》呢！」

「別傻了你，那些成員都是有超域技能的怪物哦。」

「這是夢想啊。可以住在大都市伊富爾的一級地區，享受功名富貴，和傑特先生一樣受女孩子歡迎……」

「說到底，沒有二級以上的執照，根本沒人會理你。你先去把那張可憐兮兮的四級執照升級再說──」

「好啦好啦，別唸了……比起那個，你看這傢伙！『處刑人』！」

年輕冒險者的話，使亞莉納身體一僵。

冒險者以明亮的表情指著報紙，陶醉地幻想起「處刑人」的事。

「居然能一擊打倒連《白銀之劍》都束手無策的強敵耶？太帥了吧——他究竟是何方神聖呢？」

「雖然從以前就聽說過不少關於處刑人的傳說，但是沒想到他真的存在呢。」

「不過既然是《白銀之劍》的傑特先生說的，肯定不會錯。」

「不過公會也動員了所有偵查和情報部門找他，一定很快就能找到人吧。」

「啊——要是能快點找到就好了——！真想知道他長什麼樣子——」

亞莉納苦澀地嘆氣，不再聽下去。

《白銀之劍》？別開玩笑了。我的身分可不能曝光。

亞莉納握緊拳頭，吞了吞口水。

沒錯，不能曝光——因為，櫃檯小姐禁止兼職。

櫃檯小姐必須隨時以最佳狀態迅速地辦理委託業務。先不論兼差當冒險者，要是被人知道自己以假名偽造執照討伐頭目，肯定會被直接開除。

雖然加班起來會在地獄裡待一陣子，但櫃檯小姐的飯碗依然魅力無窮，職位和薪水都有保障。不對，在能準時下班的時期，這工作可說置身於天堂一般。豐厚的福利，穩定的收入，可以簡單建立的生涯規劃。

至於冒險者呢？武器和護具很快就會損壞，必須支付龐大的維修費，冒險者也沒有「準時下班」的概念，必須不分晝夜地追逐魔物。不管受多大的傷治療費都得自付。假如身上有了什麼殘疾，就沒辦法繼續當冒險者，不得不面臨失業。不但收入不穩定，還必須擔心老了之後窮困潦倒、流落街頭。

（最重要的是……櫃檯小姐……是唯一一個到死為止都不怕失業的「終身雇用職」……！）

就算不從事冒險者那種不安定的工作，這個社會也是冷酷無情的。業績不佳時會被裁員、經營不善時會倒閉、老闆還會積欠員工薪水連夜潛逃，這種事根本見怪不怪。幾乎沒有保證絕對不會失業的工作。

但櫃檯小姐是公職。櫃檯小姐的工作絕對不會消失，就算業績不好也不會被革職，任用者冒險者公會是打造出這座城市的根幹組織。不必擔心連夜潛逃的情況發生。

未來的生活有保障、能領一輩子薪水的職業——這就是櫃檯小姐。

（沒錯……所以我才會選擇成為櫃檯小姐……！）

放眼望去，在所有的職業中，只有櫃檯小姐是終身雇用。

再說，雖然加班很辛苦，可是也只有現在。只要有更多新人進來，亞莉納就能把煩人的業務交給她們，再也不需要加班了。只要能撐到那個時候，她就能一輩子過著安穩又悠哉的理想櫃檯小姐生活了。

（我絕不能因為這點無聊的小事……葬送我的櫃檯小姐人生……！）

唰！亞莉納捏皺尋人委託，下定決心。

5

貝輔勒地下遺跡被攻略完畢的一個月後。大都市伊富爾的某座競技場正在舉行冒險者的格鬥大賽。

觀眾們歡聲雷動。傑特坐在觀眾席的最前排，專心地觀察著眼前的比賽。

他的視線所在，是擂臺上握著長劍、備受注目的英勇女劍士。雖然她的對手是個頭比她大兩倍的壯漢，但是居於劣勢的，反而是壯漢那方。

「發動技能！〈英雄的咆哮〉！」

女劍士高聲喝道，包圍身體的紅光變得更亮了。原本與她刀劍相擊、僵持不下的壯漢身體被輕而易舉地打飛。完全不像女性應有的力量。

「咕……！發動技能，〈增強肌力〉！」

持續居於劣勢的壯漢也祭出了王牌。蓄積力量，將自己〈增強肌力〉的技能發揮到極限。

只見他身體發出藍色的光芒，揮著劍朝女劍士撲去。

錚！刀劍劇烈交鋒，火花與技能的光芒四濺。紅光與藍光交錯在一起，甚至產生了使整座競技場晃動起來的衝擊——

「呃啊！」

被吹飛的是壯漢那方。

不過這也是當然的。壯漢發出的藍光，代表的是無法超越人類能力極限的「人域技能（雷金）」。相較之下，女劍士使用的，則是能突破人類能力極限的「超域技能（西格魯德）」。正面交鋒的話，人域技能是不可能勝過超域技能的。

「……唔，不是她呢。」

儘管觀眾席上歡聲雷動，傑特卻緊鎖著眉心。

「她的確是用怪力系的技能沒錯，可是那名冒險者的力量不只有這種程度……」

「怎麼可能，使用怪力系技能的女性冒險者裡，沒有比她更知名的人了哦。」

彷彿在與歡呼聲較勁似地，格鬥大會的主辦者在一旁大聲說道。

「但真的不是她。再說頭髮的顏色和長相也都不一樣。」

「大爺啊，雖然你這麼說，但你該不會是在作夢吧？就算對方有怪力系的超域技能，也不可能單方面輾壓吸收了遺物的守層頭目啊。而且還是為討伐牠而苦惱已久的地獄火焰龍喔？」

「就是說啊，傑特。」

從旁插嘴的，是身穿白魔導士純白長袍、留著妹妹頭的少女。

「再說我從沒聽說過有使用巨大戰鎚的女冒險者。那種武器就連男人都使不好了，是說傑特，現在可不是在這種地方摸魚的時候哦！」

與一本正經的語氣給人的感覺不同，這名絮絮叨叨地斥責著傑特的少女——露露莉・艾修弗特，外表相當惹人憐愛。

由於個子嬌小，使她手中的魔杖看起來相對高大。再加上稚嫩的聲音、圓滾滾的眼睛、還有齊眉平剪的瀏海，就外表而言，完全是稚齡少女——儘管如此，露露莉仍是一流的冒險者，也是公會精英隊伍《白銀之劍》的補師。

從那稚氣的外表，很難想像她擁有壓倒性的龐大魔力與優異的超域技能，如今已經是攻略高難度迷宮時不可或缺的人物了。

「可是露露莉，妳不也看到了嗎？那威力不是幻覺。」

「是沒錯，但是想找人的話，線索太少了。那名冒險者確實個子矮小，但也不能因此肯定他是女孩子，再說單獨討伐的委託履歷上寫的也是男人的名字。」

地下遺跡被攻略完畢的一個月以來，除了有公會在四處尋找「處刑人」外，傑特也以個人身分不斷地尋找那名戰鎚冒險者。隊友中，只有露露莉很講義氣地陪他找到現在。

「不，真的是女生。我看到的是黑色頭髮、翠綠色眼睛的年輕女孩。」

傑特斷然說道，這項情報他並沒有告訴公會。一方面是作為情報來說尚有不確定性，更重要的是，傑特想比公會更早找到對方。

「傑特，公會已經發出新的任務了哦，你也別再做這種事，該認真挑選新的攻擊手了。身為白銀的隊長，你要以身作則哦！」

「……雖然是這樣沒錯……」

無法反駁露露莉的指責，傑特只好搔了搔頭。

坎茲退出《白銀之劍》之後，必須以挑選新的前衛為最優先事項。不能浪費時間尋找毫無線索的戰鎚冒險者。

儘管傑特明白這個道理，可是自從在迷宮深處，見到那名不可思議的戰鎚少女的第一眼起，他就深深地被她吸引了。無論如何，他都想親自找到她。

話雖這麼說，可是傑特不但翻遍了所有女性冒險者的登錄資料，也重金委託消息靈通的情報販子，卻完全得不到任何關於那少女的消息。如今「傑特把那人誤認成少女，『使用戰鎚的女性冒險者』不存在」的說法，感覺起來反而比較正確。

「……說的也是。從明天起，就來認真挑選前衛的候補人選吧。」

傑特興致索然地說完，離開了競技場。

躁熱的競技場外，是和平又熱鬧的伊富爾大街。傑特獨自走在喧囂的大馬路上，回想一個月前發生的事。儘管攻擊力駭人，卻擁有可愛長相的少女。傑特覺得她和「處刑人」的外號很不相襯。

再說，那並非人域技能或超域技能的奇妙白光，以及能憑空出現武器的技能——毫無疑問，她持有未知的力量。

「『神域技能』……？不會吧……」

瞬間，傑特腦中閃過只存在於古代文獻中的夢幻技能。

神域技能——被久遠之前的先人稱為「神的祝福」的力量。

那力量遠遠凌駕於超域技能，是使過去赫爾迦西亞大陸繁榮到足以被稱為神之國度的力量。可是神域技能在先人滅亡的同時也跟著消失，時至今日，最強階級的技能是遠不及神域技能的超域技能。

假如那少女能使用神域技能，那有那種前所未見的怪力，就很合理了。

「可是，如果是有那種技能的冒險者，應該早就出名了才對……」

傑特喃喃自語著，從腰間小袋子中掏出一顆紅水晶。那水晶吸收了白晝的陽光，燦然生輝，其中還刻著太陽狀的魔法陣，不知究竟是以什麼技術做到的。這就是被地獄火焰龍誤吞的遺物。

（那名戰鎚少女，對遺物似乎完全不感興趣呢……）

先人親自製造的物品上，一定會刻有太陽狀的魔法陣。朝八個方位放射的陽光魔法陣，似乎象徵著「神」。因此，所有遺物及遺物武器上可見的這些太陽魔法陣，被統稱為「神之印」。

就如那花紋顯示的，凝聚了先人技術的遺物，全都具有以現代的技術無法重現的性能，只要是遺物，全都能賣得高價。如果是冒險者，肯定會不管三七二十一地爭相搶奪，但處刑人的目的似乎只有討伐守層頭目而已。雖然不清楚原因，不過她似乎非常痛恨那隻地獄火焰龍。

不論如何，遺物仍然是珍貴的高價品。該擁有它的，是那位處刑人才對。

「……」

傑特凝視著那顆發出紅光的水晶。自帽兜下窺見的少女臉龐，好似就烙印在他的瞳孔之中。雖然他確實對擁有未知力量的戰鎚冒險者感興趣，但是與此無關，他被那名少女深深吸引，莫名地想與她再見一面。

（我絕對會找到妳……絕對。）

傑特在心中堅定地想著，把紅水晶收回袋子裡——這時。

烏黑豔麗的長髮微揚，一名少女從他面前經過。

「！」

傑特倒抽了一口氣。他不自覺停下腳步，聲音彷彿從整個世界消失了。

因為，在錯身而過的瞬間，他見到黑髮少女那雙美麗的翡翠色眼瞳。

「……!!」

傑特說不出話。

原本縈繞在腦中的各種思緒全部消失，視線就像被釘在了少女的雙眸之上。

——絕對沒錯。

少女的側臉，與記憶中的戰鎚冒險者如出一轍。在確定這件事的瞬間，傑特反射性地邁出步伐，撥開人群朝少女追去。他追著好似快被人潮淹沒的纖細身影，那垂於背後搖曳的黑色長髮，正是自己一直在尋找的戰鎚冒險者。

絕不能在這裡放走她。

「等一下……!!」

傑特忘我地追隨著，總算脫離人擠人的大路，即將追上少女時——

「……咦？」

少女的背影，使傑特忍不住停下了腳步。

喀，喀，敲響石板地面的短靴。飄然及膝的黑色圓裙，胸前繡著冒險者公會徽章的白色襯衫。綁在細頸上的蝴蝶結，那楚楚可愛的打扮，完全不像是會肩扛巨大戰鎚的樣子。

「什……」

傑特呆呆地張著嘴，看到那嬌小的少女走入建築物後，他抬頭看向大都市伊富爾中規模最大的服務處——伊富爾服務處的招牌，僵住了。

「…………櫃、櫃檯小姐!?」

沒錯，那少女身穿的，是公會發給的櫃檯小姐的制服。

6

一名男子闖入伊富爾服務處。

男子一走入服務處，立刻直直穿過大廳，快步走向櫃檯。同時，原本嘈雜的大廳一下子變得寂靜無聲。發現男子的冒險者們接連睜大眼睛，說不出話來。

「……？」

亞莉納正歪著腦袋感到狐疑時，那名受到眾人注目的男子已經來到她櫃檯前了。

「嗨。」

那是一名高個子的青年冒險者，正向前彎腰，將頭探進櫃檯裡。

其他還有好幾個空閒的櫃檯、櫃檯小姐，所以他很明顯是衝著亞莉納來的，那人有一頭銀

髮、五官端正爽朗。背後的巨大盾牌上刻有神之印，是遺物武器，身上的護具與插在腰間的長劍全是高級品。再加上健壯可靠的身材，在在展現出他是一流的盾兵。

——不，只要看見他的臉，沒有人認不出來他是誰。

他是冒險者中第一個「擁有三個超域技能」的怪物，同時因為相貌端正，擄獲了許多女性的芳心，是號稱公會最強盾兵的一級冒險者。

年方十九，公會所屬的精英隊伍《白銀之劍》的隊長，傑特・史庫雷德。

（呃……呃——————！）

與傑特四目相對的瞬間，亞莉納就因這位登場得過於唐突的人物全身發直，一時間連慣例的「歡迎光臨」都說不出來。

《白銀之劍》。也就是說，他是一個月前，目擊到亞莉納把地獄火焰龍揍得稀巴爛的冒險者之一。

為什麼這傢伙會來這裡？現在應該沒有需要精英隊伍出面的任務才對。難道我的身分曝光了？不，應該不會吧。我有遮住臉，而且是以一級冒險者執照上的假名填寫委託書的。應該不可能被循線找到櫃檯小姐亞莉納・可洛瓦——

「傑特大人！」

正當亞莉納陷入混亂時，救星出現了。傑特一來到櫃檯，原本站在其他窗口的櫃檯小姐立刻衝過來推開亞莉納，強行站在傑特前方。

擠過來的那名櫃檯小姐，擁有任何男人都會忍不住回頭多看一眼的美貌，而且身材姣好，從制服襯衫的領口可以窺見豐滿的胸部與深溝。她是伊富爾服務處最受歡迎的櫃檯小姐，蘇麗。

當時對同為《白銀之劍》成員的坎茲不屑一顧的蘇麗，如今正眨動長長的睫毛，碧眼閃閃發亮地仰視著知名的英俊冒險者傑特。

「請問有什麼事呢？沒想到率領《白銀之劍》的傑特大人，居然會親自來到這種地方。」

對於蘇麗的積極，傑特先是害怕了一秒，接著又調整心情，開始尋找亞莉納。

「我有點事。咦，剛才那個黑頭髮的──」

「假如您想承接任務的話，請儘管和我說。」

「呃──不是，我沒有。」

傑特的眼神越過蘇麗，掃視櫃檯後方。

「那個，那邊的那位櫃檯小姐。」

「……？」

蘇麗不高興地皺眉，朝傑特指的方向轉過頭。正想偷偷溜走的亞莉納連忙轉身背向兩人。

「……亞莉納・可洛瓦就櫃檯小姐來說還不夠熟練。還是由我親自來處理白銀大人的任務

——」

「我不是來接任務的。我有事想和那個叫亞莉納的櫃檯小姐單獨談談。」

「……和亞莉納……單獨……談談？」

「沒錯。」

「……我明白了。」

無奈之下，蘇麗只好把亞莉納叫回來，自己則死心回到工作崗位。雖然她在中途狠狠地瞪了亞莉納一眼，但應該只是錯覺吧。

「……」

太慘了。亞莉納愁眉苦臉地回到窗口前。

「……請問有什麼事嗎？」

雖然死也不想和傑特說話，但對方是公會的精英隊伍《白銀之劍》的隊長。在公會中他的地位就等同於幹部。為了不顯失禮，亞莉納在臉上擠出禮貌的笑容，看著下方發問。

「我想問妳一件事。」

「如果是關於承接任務的事，請儘管說。」

「一個月前，我在地下遺跡見到非常強的戰鎚冒險者。」

「是傳說中的冒險者呢。」

「其實在那之後，我一直在找那個人——妳想得到是誰吧？」

「非常抱歉，我不記得有認識那樣的冒險者。請您向其他的櫃檯小姐打聽吧。」

亞莉納說完正想逃離現場，卻又因傑特的下一句話而停住腳步。

「我啊，眼睛和鼻子都很靈敏。就算在很暗的地方，也可以看得很清楚。」

亞莉納倒抽一口氣。

「所以帽兜下的臉，我也看得一清二楚，亞莉納・可洛瓦小姐。揮動戰鎚的，確實是一名黑色頭髮、眼睛是漂亮翠綠色的女孩子。」

亞莉納無話可說。

黑色頭髮、翠綠色的眼睛。遺傳自母親的外表特徵，在整個伊富爾服務處裡，的確只有亞莉納符合這些條件。

「……原來如此。」

亞莉納艱難地擠出回答，緩緩地看向傑特。亞莉納正面回望著傑特那筆直地看向自己的眼眸。窗口霎時被寂靜所支配，兩人的眼神劇烈地糾纏在一起。

傑特已經可以肯定——眼前的這名少女，就是處刑人本人。

（……果——————然——————……………！！）

雖然亞莉納表面上保持著平靜，可是心裡正冷汗直流。有種頭暈目眩、即將陷進地板的感覺席捲而來。

假的吧，騙人的吧。她開始在腦中對不知是誰的人開起藉口大會。可是我有用帽兜遮住臉啊，可是迷宮裡明明很暗啊，不可能看清楚我的長相啊——

但不論如何辯解，都已經於事無補了。現在後悔也來不及了。

不管理由為何，櫃檯小姐就是禁止兼職。當然，更不用說兼職當冒險者了。

（完……完了……我的……！櫃檯小姐生涯、結束了……！！）

亞莉納用力吞著口水，往事如走馬燈般一一閃過腦中。雖然時間不長，但這工作還是帶給我少許的平穩與安寧。雖然現在想想我好像一直都在加班沒什麼美好的回憶但和總是與死亡及失業為伍的冒險者比起來不知道好上千百倍——

（……不。）

差點因放棄而失去光芒的亞莉納眼中，微微燃起意志的火苗。

還沒結束。好不容易才得到這麼穩定而且安全的工作。不能就這麼放棄。

「哎呀，難怪我往冒險者那邊找都找不到。」

與心思千迴百轉的亞莉納相反，傑特如孩童般天真無邪地紅著臉，看起來十分開心地說：

「沒想到妳居然是櫃檯小姐——啊、對了，這個，我一直想交給妳！收下妳的戰利品吧。」

看樣子，這男人完全不知道自己的言行，會對眼前的櫃檯小姐帶來她人生最大的危機。只見他銀灰色的眸子閃閃發亮，把紅水晶放在櫃檯上。內部刻著神之印的遺物，應該是從地獄火焰龍的肚子掉出來的吧。亞莉納瞥了一眼紅水晶，但現在沒空理會那東西。

「……白銀大人。」

亞莉納細長地吁了口氣。努力讓自己保持平靜，緩緩地開口：

「我現在在工作中，請別與我開玩笑。」

「咦？我沒有開玩笑的意思，我是真的──」

「白銀大人。」

亞莉納緩慢地，拿起放在櫃檯上的紅水晶。

「遺物是凝聚了先人的知識與技術的結晶。基本上，不管是什麼遺物，它們的耐久度和強度都遠遠勝過現代的所有物質。」

「？是啊。沒錯，所以遺物武器才會那麼強──」

「哼！」

劈哩，被亞莉納握住的紅水晶發出輕微的聲響，以人類的力量絕對不可能使其出現裂痕的紅水晶，被無情地捏碎了。碎片甚至滾到了傑特的腳邊。

「…………………………………」

傑特到剛才為止都很燦爛的笑容，忽地凝固。

「捏………捏捏捏捏捏碎遺物了……!?」

正因為他是公會最強的盾兵，至今以遺物武器的大盾抵擋過無數魔物的攻擊，所以才會清楚地知道。

單手捏碎遺物，是多麼脫離人類常識的力量。

亞莉納掛著平時接待客人用的營業笑容，輕輕地歪著頭，以其他人聽不到的音量對臉色蒼白、身體微微發顫的傑特說：

「我想以櫃檯小姐的身分過穩定的生活。」

「……咦……………啊…………是……」

「誰都不准妨礙我。我管你是精英還是什麼東西，不想像地獄火焰龍那樣肚子被開一個大洞的話，就給我快點消失。然後再也別出現在我面前。」

「………………………………」

剛才接待客人用的高亢語氣一轉，那彷彿來自地獄深淵、又低沉又冰冷的威脅，使傑特凍結在原地，說不出第二句話。

他像壞掉的人偶般，嘴巴不斷地張闔，交互看著地上的遺物碎片，與皮笑肉不笑的亞莉納。

「知道了嗎？」

「…………………………」

「知、道、了、嗎？」

「…………………………知道了。」

似乎從亞莉納的笑容中察覺驚人的殺氣，傑特的臉色變得更加蒼白，他小聲地說完，最終垂頭喪氣地離開了櫃檯。

7

亞莉納眺望著被夕陽染成金黃色的大都市伊富爾，一邊將日暮時分的空氣深深地吸進胸膛中。

（啊，準時下班真是太美好了……！）

她細細地品嚐著在天黑之前回家的幸福，以輕快的腳步朝著自家的方向前進——

應該要如此才對，可是她的小小幸福，卻在前進了幾步後，脆弱地消失了。

「嗨。」

站在被魔法燈照亮的路旁的傑特・史庫雷德，學不乖地在這邊等亞莉納下班。

「………………」

亞莉納抽搐著臉頰。看向周圍，理所當然地，路人們的目光時不時地飄向大名鼎鼎的白銀隊長兼號稱最強盾兵的傑特身上，而作為被他搭話的對象，亞莉納也被投以好奇的眼神。

（這男的到底想幹嘛啦……！）

傑特似乎完全沒有意識到自己是名人，對於他漫不經心的行動，讓亞莉納忍不住握緊拳頭，但還是勉強保持笑容：

「白銀大人，請問您有什麼事呢？」

亞莉納還穿著櫃檯小姐的制服，而對方是公會中地位頗高的男性，因此不能對他太失禮。見亞莉納掛起平時的接待用笑容，傑特不知為何，稍顯畏懼地流著冷汗，但還是努力勾起嘴角：

「抱歉啊，在妳下班的時候找妳。不過我有話想和妳說。」

「是承接任務的事嗎？很抱歉伊富爾服務處本日的營業時間已經結束了。告辭。」

雖然臉上掛著笑容，可是聲音中不帶任何感情，亞莉納以公事公辦的語氣說完，立刻轉身，想離開此處。

「等、等一下！」

傑特連忙捉住亞莉納的手臂阻止她離開。亞莉納反射性地想甩開傑特的手，卻發現手臂動

彈不得。

「……！這是……技能？」

不單純是被拉住，還有一種被什麼東西固定的感覺，手肘以下的部分完全無法行動。亞莉納觀察了一眼。只見他抓著自己的那隻手正微微纏繞著紅光——是超域技能的光芒。

「……您在做什麼？」

亞莉納以責備的眼神瞪著訴諸強硬手段的傑特。將那視線全盤接下的傑特，面有愧色地皺眉：

「對不起嘛……可是不這麼做的話，妳好像根本不會理我啊……」

「我的言外之意就是不想理會您的意思哦。」

「……我的技能〈鐵壁守護者〉可以硬化被我碰到的物體。雖然對人體無效，不過能把衣服硬化，讓人無法動彈。」

傑特小聲說著，亞莉納聽著那不成藉口的說明，直視著傑特，斂起原本的虛偽假笑，瞇起了眼睛。

「哦——是這樣啊。」

亞莉納身上倏地地散發出危險的氣息。也許是從她的視線中感受到非比尋常的殺氣吧，傑特連忙小聲地虛張聲勢：

「我、我是以白銀隊長的身分來的。讓我聽聽妳的說法吧，『處刑人』……！」

亞莉納瞪著傑特，沉默了數秒。

雖然她有能以技能對抗傑特、強硬突破的手段。但既然周圍有人看著他們，亞莉納就不能讓處刑人的招牌武器巨大戰鎚出現。

「……」

最後，亞莉納嘆了口氣，蹙起眉心，無奈地指著一旁的小巷子。

「我明白了。至少換個地方說話吧。」

8

「我就直說了吧。」

兩人離開熙熙攘攘的大街，來到昏暗的小巷深處，確認四下無人後，傑特很快地開口：

「我希望亞莉納小姐能加入《白銀之劍》哇啊啊啊啊啊啊啊！」

不等傑特把話說完，亞莉納就無言地發動技能，握緊憑空出現的巨大戰鎚，毫不留情地攻擊滿是破綻的傑特。

啪嘰，昏暗的黃昏小巷中發出巨響，石板鋪成的地面凹了個大洞，塵土飛揚。

可惜亞莉納的戰鎚只敲碎了地板，沒有擊碎目標的男人。

「沒打中嗎……」

不愧是獲選成為《白銀之劍》的冒險者。亞莉納皺著眉嘖了一聲，重新舉起戰鎚，瞪著在千鈞一髮之際閃到牆邊的傑特。傑特痙攣著臉頰，啞口無言地看著那巨大的戰鎚。

「妳妳妳妳妳想做什麼啊！」

「殺人滅口。」

「……！」

亞莉納簡潔地回答，傑特似乎從表情中察覺到她不是在說笑，臉上血色盡褪。

「櫃檯小姐禁止兼職……被發現的話會立刻被解雇……我絕不能讓我的櫃檯小姐人生就此結束……」

「等等等等等等妳別急……！」

「是你主動來糾纏我的。」

光線微弱的小巷中，亞莉納翡翠色的瞳孔閃爍著凌厲的光芒。

「既然如此，應該已經做好覺悟了吧——為了我平穩的人生，去死吧。」

「等一下等一下等一下！！！」

被逼到牆邊的傑特臉色大變，雙手向前伸出。

「是說妳那把戰鎚是從哪裡變出來的⁉」

「不知道。發動技能時就會自己出現。」

「！妳的技能，果然……！」

聽了亞莉納的說法，傑特像是察覺了什麼似地頓了一下。

「是神域技能嗎⁉」

「那是啥？」

「在不知道的情況下就發動了嗎⁉」

「煩死了。這是我家的事吧。」

「神域技能是過去先人使用的技能……比現代能使用最高級的超域技能更強……！雖然現在只存在於文獻之中……」

「既然只存在於文獻之中，你也不能確定這就是神域技能吧？」

「在發動技能的同時出現專用武器，就算是超域技能，也從來不曾見過那樣的能力哦！那絕對是和超域技能完全不同、甚至比它更強的力——」

「啊，是哦。不過那種事無所謂啦。」

亞莉納定定地看著目標，將戰鎚對空一揮，發出低鳴。

「讓我們繼續吧。」

「慢著慢著慢著慢著！」

「不想死的話就把你背後那氣派的大盾拿出來吧。」

「我不是為了和亞莉納小姐戰鬥才來的，所以我不會拿出盾牌的哦……！」

「瞭解。」

「我我我我我可不能死在這裡哦！」

「喔是喔。」

「《白銀之劍》現在有了大麻煩哦！」

「嗯～」

「妳不要面無表情地一直逼近啦……！」

「我說過再也別出現在我面前了吧？」

「對、對不起啦！在妳工作時突然跑過來……！可是坎茲在看到亞莉納小姐的攻擊後大受打擊，決定退休，所以《白銀之劍》現在沒有前衛！」

「……咦？」

傑特飛快地說著，亞莉納則蹙起眉。

「我聽說他是因為受了無法痊癒重傷才退休的。」

「……因為他自尊心很高。如果被世人知道《白銀之劍》的前衛是看到身分不明的戰鎚冒

險者壓倒性的力量差距，因而大受打擊、再也無法振作的話，對他來說反而更致命。」

「……哦～」

沒想到坎茲退休的原因竟然和自己有關，亞莉納略帶內疚地放下戰鎚。

「所以呢？因為是我害的，所以要我負責嗎？」

「不是那樣……！」

傑特用力握拳，意志堅定地開口：

「我想要亞莉納小姐!!」

「我要告你性騷擾及濫用職權哦。」

「慢著慢著！」

「就算不來找我這個疲憊的櫃檯小姐，你也不缺女人吧？」

「不，和其他女性沒有關係。從第一眼見到妳的那一刻起，妳的力量、妳的臉龐就沒有離開過我的腦海。我每天無時無刻都想著妳。」

「你真的很噁心耶……」

「我就是這麼認真！希望能請妳加入《白銀之劍》。」

「我說啊。」

亞莉納嘆了口氣，再次對傑特緩緩說明道：

「我只想以櫃檯小姐的身分，平穩地過小日子而已。而你沒有妨礙我安穩度日的權利。可以別來打擾我的生活嗎？」

「……既然如此，為什麼妳要專程去打倒地獄火焰龍？」

亞莉納的眉尾跳動了一下。

「想當櫃檯小姐的話，不必特地去攻略迷宮吧。那樣一來我就不會遇到妳，也不會像這樣拚命地到處找妳——」

「因為我不想再加班了。」

「而且公會也不會出現這麼大的騷——咦？」

「不打倒那東西我就必須一直加班，所以我打倒牠了。」

「呃、不是、咦……加班？」

回答太過出乎意料，使傑特錯愕地瞪大了眼睛。

「因為不想加班，所以特地去打倒地獄火焰龍……？」

「你那是什麼表情？還需要其他理由嗎……？」

亞莉納搖搖晃晃地朝傑特逼近，雙目圓睜，以帶著殺氣的凶狠神情用力地揪起傑特的領子。

「你懂那種感覺嗎？看著不論怎麼處理都處理不完的文件山的絕望感。明明手上的工作都做不完了，新的工作卻又不斷湧進來時的殺意！想回家卻回不了家的憤怒！」

「不、不，那個……………我不懂，對不起。」

「都是因為你們攻略得拖拖拉拉的，我才不得不一直加班！所以！我才會！主動終結加班！靠自己的力量取回安定的準時下班生活！這樣有什麼不行!?為什麼要到處打探我的身分！」

「對對對對對不起。」

傑特下意識地道歉後，忽地想起什麼似地豎起食指。

「啊，可是加入白銀的話就不用加班了哦！」

「那是因為冒險者沒有準時下班的概念，所以沒有加班可言吧。」

「嗚！」

「我想從事的是安全又安定的工作。像冒險者那種不知何時會受傷失業的不穩定工作，我才不做呢。」

「不，我看起來應該沒有人殺得了亞莉納小姐吧。」

「什麼？」

「我什麼都沒說。」

「總之我完全不打算加入《白銀之劍》。」

亞莉納不再接受反駁，強硬地說完，轉身背對傑特。

「去找其他人當前衛吧——還有。」

說到這裡，亞莉納忽然停下腳步，轉頭瞪著傑特，語氣低沉地開口。

「要是敢把這件事說出去的話……我不會放過你的……」

「…………………」

那魄力太過強大，傑特忍不住吞了吞口水，沉默下來。也許是終於放棄糾纏，他只是凝視著亞莉納離開小巷的背影，不再上前留住她。

9

隔天早上，亞莉納在鳥鳴婉轉中醒來。

從窗外照入的陽光溫柔地照亮房間。亞莉納起身打開窗戶，吸入早晨的新鮮空氣。櫛比鱗次的橙色屋頂、遠方的鐘塔，原本寂靜的城市開始些微地出現了人們的生氣。

即使正看著清爽的早晨風光，亞莉納的心情卻十分憂鬱。

「……被知道……了……」

亞莉納喃喃自語著，彷彿要把清晨的清新空氣全部吹散似地，重重嘆了口氣。

（該怎麼辦……果然還是該讓那傢伙吃點苦頭，好封住他的口……可是要是讓公會幹部級的人有什麼三長兩短，到頭來還是會被開除……）

危險的計畫閃過腦中，亞莉納連忙搖頭。

「到底該怎麼辦才好……」

她搖晃著身體，像被床吸走似地「砰」一聲倒回床上。

「啊啊啊啊討厭啊啊啊……」

亞莉納把臉埋在床單裡嘟噥著，各種鬱悶的負面情感潰堤似地從口中湧出。

「我什麼都不想做不想面對現實不想出門我只想一直窩在家裡……！」

她有如鬧脾氣的孩子般擺動手腳，說出真心話。

雖然不是蛋黃區，但亞莉納的房子，也不是剛出道的冒險者的酬勞住得起的安靜住宅區。這裡沒有纏人的盾兵、也沒有需要小心對待的客人或處理不完的文件；沒有煩人的人際關係，沒有加班。是充滿自己可以自由使用的時間的世間樂園，是亞莉納唯一能放鬆休息的綠洲。

「啊……好想一直在家裡滾來滾去……」

儘管亞莉納只有十七歲，但是託了名為櫃檯小姐的穩定鐵飯碗的福，所以能申請巨額貸款買下房子——所謂的自己的小窩這種昂貴的樂園。多麼美好！櫃檯小姐萬歲！至於冒險者那種不知何時會喪命的不安定工作，因為信用值太低了，當然沒資格申請貸款，不可能成功買房。

絕不可能。

「櫃檯小姐果然是最棒的工作……我絕對不能……被開除……！」

亞莉納把臉埋在床單裡悶悶說著，下定了決心。

＊＊＊＊

貝輔勒地下遺跡被攻略完畢後的伊富爾服務處，今天也很清閒——直到那傢伙出現為止，確實是那樣。

「傑特先生！要怎麼做才能成為好的盾兵呢!?」

「請在我的武器上簽名!!」

「可、可以和我握手嗎……!?」

雖然伊富爾服務處才開始營業沒幾個小時，卻已經聚集了許多冒險者。特別是大廳附設的桌子附近，更是擠滿了人。被冒險者們包圍在中央的，是揹著紅色的遺物武器•巨大盾牌的青年，傑特•史庫雷德。

「……」

亞莉納盡可能地不去意識那些人，平淡地在窗口處理委託業務，可是身後卻傳來助長她不

愉快的女性驚呼聲。

「啊……傑特大人不管什麼時候看都這麼帥……！」

「向他揮手的話，他會看過來這邊嗎……？」

「他轉頭了！我們剛才對上視線了！」

其他的櫃檯小姐們，也都聚集在離傑特最近的亞莉納的窗口，對他投以熱情的視線。託福，唯一能進行承接業務的，只剩亞莉納的窗口了。明明還在工作時間內，其他櫃檯小姐卻蠢蠢欲動地想衝到大廳，而且還不停尖叫吵得要死。這些人的工作態度固然令人質疑，不過最令人煩躁的還是那個男人。

（為什麼……那傢伙……會坐在這裡啊啊啊啊……!?）

營業時間一到，傑特比任何人還要早出現在伊富爾服務處，宣稱要「調查處刑人的事」，之後就一直坐在那裡。發現那人是《白銀之劍》傑特的冒險者們很快地圍在他身邊，「傑特正在伊富爾服務處」的消息不脛而走，發展到現在，明明快午休了，服務處仍然擠滿了冒險者。

「……」

亞莉納皺著眉，隔著窗戶看向鐘塔。位在櫛比鱗次的橙色屋頂另一頭的鐘塔，即將敲響正午的鐘聲。快點、快點響吧。亞莉納熱切渴望著午休。總之就是想盡快逃離這裡。

「傑特大人！請和我共進午餐。」

最後，鐘塔總算響起宏亮的鐘聲。霎時間，櫃檯小姐們衝出櫃檯，推開冒險者們，圍繞在傑特身邊。

「妳們幾個退下。」

一道老練穩重的聲音，冷靜地喝斥正在爭奪傑特的櫃檯小姐們。是蘇麗。

她一知道傑特來到服務處，就特地重新化妝並仔細梳理頭髮，以比平常更美豔動人的蘇麗自信滿滿地朝傑特走去。

「該和傑特大人共進午餐的人是我……咦，傑特大人？」

然而，傑特已經不見蹤影了。

10

從小路走上狹窄的階梯後，是一座能一眼望盡伊富爾的小丘陵。頂點處有一塊被人們遺忘的小空地，除了一張長椅之外什麼也沒有，但亞莉納總是在這裡吃午餐。

「……終於解脫了……」

不論什麼時候來，能俯瞰大廣場的這塊空地總是不見任何人影，是亞莉納相當中意的祕密場所。

「我想回家了……」

亞莉納無力地靠躺在椅背上，喃喃自語。都是因為傑特，害冒險者們全都集中在亞莉納的窗口接任務，才經過一個早上，亞莉納就已經筋疲力竭了。她因一湧而上的疲勞垂著頭，慢吞吞地吃著三明治。

能夠獨處的這段午休時間，是亞莉納工作時唯一的樂趣，也是她的療癒所在。

「──哦，這裡真棒。」

只可惜，這座絕對不可侵犯的聖域，被她最不想聽到的聲音無情地侵犯了。

「不但沒有其他人，還很安靜，沒想到伊富爾居然有這樣的地方呢。」

傑特·史庫雷德悠哉地說著，理所當然地在亞莉納旁邊坐下。

「哎～其實我也正在尋找能一個人安靜吃午餐的地點呢。如果亞莉納小姐每天都會在這裡吃午餐，那我也和妳一起。」

「發動技能〈巨神的破鎚〉。」

一見到那隨著白光無聲地憑空出現的戰鎚，傑特便連忙向後跳開。也許回想起亞莉納昨天毫不留情地扁過來的前例吧，傑特毫不遲疑地舉起背上的盾牌，有如與猛獸對峙的小動物般，一邊保護自身安全，一邊戰戰兢兢地從盾牌後方探頭：

「我我我我我什麼都沒做吧!?而且我也沒有把妳的真面目說出去！」

「煩死了不要一直泡在我的職場打混回去做自己的工作啦你這混帳白銀。」

「不，我是冒險者哦，基本上沒有固定的上下班時間。所以就算打混也沒有關係。」

「……哼～」

傑特不小心提到冒險者的特權，每天必須從早到晚站在櫃檯前的亞莉納一聽，額頭立刻冒出青筋。

「在上班時間內就算想稍微休息一下也必須先確認過周圍狀況摸魚被抓包的話會被公會內外的人指責……你還真敢在這樣的我面前大刺刺地說打混沒關係呢……」

「不、不是！我沒有打混！這是必要的工作！我是在調查處刑人的——」

劈哩，看著敲在自己腳邊的戰鎚，傑特把藉口吞回肚子裡。

「……非常抱歉。」

「下午給我認真工作。聽到沒有。」

「是……」

亞莉納收起戰鎚，迅速地把午餐打包，快步走出準備到其他場所午休。然而她想到，不管自己去哪裡，這個引人注目的傢伙都會跟來，還不如待在這個空曠到不行的地方明智。走了兩、三步後，亞莉納停下腳步。

「……唉，好不容易午休能一個人的說……」

亞莉納無奈地嘆氣，重新坐回長椅上，繼續吃午餐。

「亞莉納小姐，其實妳比發狂時的洞穴巨怪更凶暴呢──」

傑特看著被亞莉納打成隕石坑的地面，學不乖地坐到她身邊來。

「因為你太煩人了。」

「呼……只要我下定決心，就會貫徹到底。再說我好歹是公會最強的盾兵，對體力和堅韌的生命力有自信啊痛痛痛痛痛不要捏我的手背──」

傑特迅速逃到長椅邊緣，接著兩人沉默下來。

「……話說回來，亞莉納小姐，妳的神域技能是什麼時候發芽的呢？」

打破沉默的是來自傑特的發問。

「不告訴你。」

「世界上明明有那麼多苦於技能無法發芽的『技能難民』的說。」

亞莉納不高興地大口咬著三明治，冷淡地回答道。

「再說技能會不會發芽，根本和碰運氣一樣啊。」

「……是那樣沒錯。」

技能與魔法是完全不同的力量，是每個人潛在具備的獨一無二的能力。

與只要有魔力與知識就能發動的魔法不同，沒有發芽的話就無法使用技能。雖然一般的說

法是每個人出生時都具有技能，但直到目前為止，還是無法明白技能發芽的機制，因此不能以人為的方式使技能發芽。

不只如此，就連決定技能性質的依據，甚至技能是以什麼力量發動的，也都沒有明確的答案，技能仍然充滿著許多謎團。

「所以說啊，有那種力量的妳居然只想當櫃檯小姐，實在太可惜了，真的很可惜。」

「我要怎麼使用這個力量是我家的事。」

亞莉納吃完最後一口三明治，收拾空了的餐盒，迅速起身。

「總之，就算你像來找碴一樣坐在我的職場也是沒用的。」

她說完望了一眼鐘塔。原本期待無比的一個小時午休，轉眼之間就結束了。體感上明明只過了五分鐘，時間的流逝真是無情。

「唉……下午繼續加油吧……」

亞莉納扔下傑特，以蹣跚的腳步走回職場。

真可悲，對有固定上下班時間領死薪水的櫃檯小姐來說，午休時間也是固定的。不能像冒險者那樣，想打混就打混，想休息就休息。

「——咦，傑特先生呢？」

午後的接待窗口。在亞莉納面前辦完手續的青年冒險者，毛毛躁躁地張望四周。

「我聽說他在伊富爾服務處，所以才特地來這裡接任務的說……」

「他早上是待在這裡哦。不過中午之後就不在了呢。」

亞莉納確認著簽完名的文件，若無其事地回答，接著，「可惡！」青年不甘心地掩面。

「不會吧！我還想向他請教身為盾兵的戰鬥訣竅的說……」

「那還真可惜。但是白銀大人也很忙——」

亞莉納保持著表面上的平靜，不讓自己露出不高興的表情，但她的聲音被突然冒出的怒吼遮蓋了過去。

「——我叫妳把我說的任務拿出來啊！是聽不懂嗎！」

接著，「砰！」大力搥打桌面的嚇人聲音響起。

那激動的聲音，使比平常還熱鬧的伊富爾服務處瞬間安靜下來。

亞莉納與青年也訝異地轉頭，看向憤怒噪音的來源——隔壁的窗口。一名高個子男人將身體向前探出，以凶惡的表情吼著櫃檯小姐。

「我可是一級冒險者哦！我說交出來就給我交出來！」

「……呃。」

亞莉納忍不住皺眉啐了一聲。那臉頰上有紅色刺青的男人，是所有櫃檯小姐都不想碰上的冒險者，史雷・葛斯特。

儘管他是全冒險者中不到一成的一級冒險者，可是因為脾氣暴躁易怒，經常在服務處鬧事，所以在櫃檯小姐之間是有名的奧客。

「但……但是……」

被怒吼的櫃檯小姐臉色鐵青，縮著身體不知如何是好。最慘的是，她是今年春天才剛成為櫃檯小姐的新人萊菈，沒辦法冷靜地對應這種奧客。

「……」

亞莉納迅速望了周遭一眼。完全沉默下來的冒險者們，沒有一個人上前幫忙解圍。雖然史雷是奧客，但終究是擁有一級執照的冒險者，實力無庸置疑，不是能以力量要他閉嘴的對象。

「我、我沒有聽說過那種任務……」

「怎麼可能！反正妳就是要故意隱瞞消息吧!?妳們這些傲慢的櫃檯小姐！」

「就……就算您……這麼說……」

見萊菈不知所措的模樣，亞莉納嘆了口氣，走到她身邊。

「請問有什麼事呢？」

聽到後方傳來亞莉納的聲音，萊菈以快哭出來的表情回頭望向她。

「亞、亞莉納前輩……！」

亞莉納以眼神要萊菈退下，自己則走到史雷面前。

「還能有什麼事！我只是要她快點把『祕密任務』交出來而已！」

「……原來如此。祕密任務、嗎……」

亞莉納差點當眾大大地嘆一口氣。

同時她也理解萊菈之所以困擾的原因了。身為櫃檯小姐，與祕密任務有關的「有的沒的」，可說是必定會經歷的麻煩糾紛之一。

「本窗口的負責人方才也已經說過了，本服務處並不經手所謂的祕密任務。」

「那種表面話我聽膩了。廢話少說，快點交出來！」

「……」

對方一副不達成目的就不離開的模樣。看樣子不可能理性勸說了，亞莉納很快地理解到這點。話雖如此，這服務處的所有櫃檯小姐，全都無法達成他的要求。

因為根本不存在祕密任務那種東西。

從很久以前，冒險者之間就盛傳一種毫無根據的謠言——「某處存在著沒有人知道的隱藏迷宮」。久而久之，不知不覺也出現了「祕密任務」的說法，還被加油添醋，愈傳愈誇張。

「我知道哦。會在祕密任務出現的隱藏迷宮裡，沉睡著『特別的遺物』！你們公會只是想獨占那些遺物對吧！」

「冒險者公會掌握到的任務，全都刊登在任務板上了。除此之外──」

「不要東扯西扯！」

咚！史雷恐嚇似地重重敲打櫃檯，凶惡地瞪著亞莉納。

「冒險者是妳們的神吧！快點照著我的話去做！」

啊──要揍這傢伙一拳嗎？

亞莉納漫不經心地聽著史雷的恐嚇，在心裡盤算著該怎麼平定這件事。雖然也能交給上司處理，不過史雷不是讓身分地位高的人對應，就能滿意的那種奧客。該怎麼做呢──

「喂……！妳給我說話啊……！」

腦充血中的史雷朝沉默不語的亞莉納伸手，粗魯地揪起她的領子。

「只不過是個櫃檯小姐……！居然敢用這種眼神看冒險者大人！這張臉真是欠揍！」

史雷毫不猶豫地對柔弱的櫃檯小姐掄起拳頭。一旁的萊菈立刻發出尖叫。周圍的人也總算緊張地想過來阻止，只有亞莉納始終冷靜地說著：

「對櫃檯小姐的暴力行為，是會被吊銷執照的。」

「我管那麼多！我非揍妳這婊子一拳──」

「喂。」

就在這時，有人沉聲插嘴，從後方抓住史雷的拳頭。史雷不高興地回頭，在看清對方的臉後，訝異地瞪大眼睛。

「傑、傑特‧史庫雷德!?」

同為一級執照的持有者，而且是公會最強的盾兵，就算是史雷，面對他也不禁慌了。

「為什麼白銀會在這裡……!?」

「史雷。放開你的手。」

被傑特銳利一瞪，史雷的氣勢瞬間被壓過。

「哈……哈!什麼精英，說到底盾兵什麼的也只是力量比攻擊手弱的雜魚罷了!」

史雷放開亞莉納的領子，轉而向傑特揮拳。可拳頭還來不及碰到傑特的臉，就被傑特單手穩穩抓住了。

「咕……!」

史雷的拳頭動彈不得，原本盛怒的表情逐漸變得僵硬。

「你說盾兵的力量比不上攻擊手……是嗎？」

傑特用力收緊手指，史雷的手骨發出「吱嘎」的摩擦聲。史雷隨即五官扭曲地大叫：

「好痛!放……放開我!你這混帳盾兵!」

讓史雷結結實實地吃過一頓痛後，傑特總算放手，史雷立刻向後跳拉開距離，摩挲著發疼的右手。

「下次敢再對亞──櫃檯小姐動粗，就不只是這樣而已了……」

被傑特充滿殺氣地一瞪，史雷忍不住後退一步。深深明白自己與眼前的公會精英的實力差距有多大，史雷的五官羞憤地扭曲起來。

「……媽……媽的！給我記住！」

最後，史雷撂下狠話，大步走出服務處。

「真……真不愧是傑特先生！」

史雷一離開，伊富爾服務處立刻響起歡呼，冒險者們不停地稱讚傑特。在櫃檯小姐們愈發熱情的眼神中，傑特只是緊張地觀察亞莉納的模樣。

「亞莉納小姐，妳還好嗎!?」

「……」

亞莉納沉默了幾秒，別過眼，閃避傑特擔心的視線。

她悄悄地把腳下為了揍史雷而即將發動的白色魔法陣消除。差點就要在在眾目睽睽之下盛大地發動技能了。

「……是。非常感謝您出手搭救。」

亞莉納小聲地道謝。傑特安心地鬆了一口氣，略帶責備之意地吊起眼尾：

「我說啊，冒險者之中也有危險的傢伙，不可以過度挑釁那些人哦。」

妳又不能當眾發動技能——亞莉納聽著弦外之音，偷偷嘛嘴，但還是有在反省似地縮起身子。

「您說的沒錯，今後我會注意的。話說回來白銀大人，您下午也要繼續待在這裡嗎？」

亞莉納繼續說下去，這次換傑特雙肩一顫。

「真是感謝有白銀大人這麼可靠的冒險者泡——坐鎮在這裡呢。」

亞莉納笑咪咪地說完，轉變為皮笑肉不笑的營業用笑容，以極地般寒冷的眼神看著傑特。

也許從那笑容中感受到「什麼」吧，傑特愈來愈慌了。

「沒、沒有，我、我正想回去呢。」他流著冷汗說完，似乎又依依不捨，前言不答後語地繼續說：「不過我還是再待一下好了？要是有人找妳麻——」

「當然沒問題，對我們來說，白銀大人想待多久都行的。」

「……還、還是算了，再待下去會造成大家的困擾，我還是先回去好了～」

「真是太可惜了。請務必再次光臨伊富爾服務處哦！」

被亞莉納的營業用笑容打敗，傑特在眾冒險者與櫃檯小姐們依依不捨的眼神中，快步離開了伊富爾服務處。

12

在那之後，沒有發生什麼大事，亞莉納的下班時間即將到來。

接近營業時間結束時，臨櫃的冒險者也少了。亞莉納趁機外出採買辦公用品。雖然差不多可以把這種打雜的工作交給新人萊菈了，但由於能在上班時間公然外出開小差，所以亞莉納很喜歡這項業務。

慢慢地辦事，等下班時間到了再回去吧。當了三年的櫃檯小姐，自然也學到了這點小聰明。呵呵，亞莉納忍不住笑了起來。

「就是嘛……這種舒適安穩的工作方式，才是櫃檯小姐的生活啊……！」

她經過大廣場附近，廣場中聳立著大都市伊富爾的象徵之一——比獨棟房子還要高的巨大傳送裝置（水晶門）。那微微發光的藍色六角形柱狀結晶，是能瞬間轉移到遠方城鎮或迷宮的便利移動裝置。這也是從先人的知識中取得的珍貴技術，就算說這傳送裝置是伊富爾能發展成大都市的大功臣也不為過。

「哦！小哥們，這可是不得了的獵物呢！」

「巨型魔物（團戰頭目）啊，挺行的嘛！」

一群冒險者簇擁著一輛捆著巨大灰色魔物的特製馬車，從傳送裝置中回來，廣場一下子變得熱鬧無比。見到魔物的市民與冒險者們，紛紛稱讚起歸來的冒險者們。這些冒險者也笑著舉起手，接受大家的稱讚。

一般而言，被討伐的魔物會化為煙塵消散，不會留有原形。但馬車上的魔物——岩石巨人黏土巨魔像則只是陷入沉睡，沒有受到致命的傷害。應該是為了從魔物身上採取素材作為武器或護具使用，所以才會利用廣場的巨大傳送裝置，好把魔物運到魔物研究所。

也許是由複數隊伍共同討伐的吧，只見馬車周遭圍著大批的冒險者們，正有說有笑地聊著戰鬥的感想，滿足地笑著。

亞莉納以眼角餘光看著那片和樂融融的場面，為了避開那些人，故意繞遠路鑽進小巷——

「亞莉納小姐！」

此時從身後傳來的聲音，使亞莉納的表情瞬間變得凶狠。她不回頭也不停下腳步，一心一意地前進，出聲的人也不在意亞莉納拒絕的態度，加快速度追上，走在她身旁。

「哎呀——沒想到能在這裡遇到妳，真是太巧了！」

如果他是條狗，現在肯定會把尾巴搖得像快斷掉一樣，以欣喜的笑容鬼扯的這男人，已經不用確認也知道是傑特•史庫雷德。

「……你跟在我後面吧？」

「我、我沒有哦？我沒有一直埋伏在服務處外頭等妳出來哦？」

傑特心虛地不看亞莉納，用力擺手改變話題：

「是說亞莉納小姐，妳應該累了吧？要不要去吃飯！我請妳吃好吃的！」

「不用了。我還在工作。」

「那不然妳有想要的東西嗎？我什麼都可以買給妳哦！所以妳可以加入白——」

「不用了。」

「……」

被亞莉納拒人於千里之外地冷漠拒絕，傑特默默地互戳自己食指，一會兒後，小聲地說：

「……可是，如果史雷來找妳報復白天的事，會很危險啊。」

「謝謝你的雞婆。」

「那接下來妳要去哪裡？亞莉納小姐。」

「要・回・去・工・作！不要跟過來啦！！！」

亞莉納甩開極度纏人的傑特，跑進小巷深處。

＊＊＊＊

「媽的，每個傢伙都這麼氣人……！」

史雷‧葛斯特大聲咒罵，氣沖沖地踢飛廣場上的碎石。

只要想起白天在服務處的事，他就會忍不住燃起滿腔怒火。尤其是那個櫃檯小姐。不但連一聲尖叫都沒發出，還以看到垃圾般的眼神看自己——

「那個櫃檯小姐，老子一定要狠狠揍她一頓才甘心……！」

史雷說到一半停住腳步。他的眼神突然看向停在大廣場馬車上的魔物。

巨大的岩石魔物。從龐大的身軀可以推測牠不是普通的頭目，史雷走近觀察，發現魔物正陷入沉睡。

史雷凝視著黏土巨魔像粗糙堅硬的外表，眼中倏地亮起殘忍的光芒。

「嘻哈哈……！我要把你們全部殺光……！」

13

「……又被她逃了……」

看著消失在小巷深處的亞莉納背影，傑特洩氣地垂下肩膀。

他自己也知道，不管如何纏著對方，她都不會因此改變心意。

以權力強迫亞莉納加入白銀是很簡單的事。但那麼做沒有意義。因為沒有比硬湊更脆弱的隊伍。至少要提出能讓亞莉納覺得加入白銀也不錯的條件才行。

傑特完全想不到那會是什麼條件。她看起來不像是會因為金錢或物質而點頭的人——

「該怎麼做才好呢……」

傑特喃喃自語著，重重地嘆了口氣，就在這時，轟！地面突然劇烈搖晃了一下。

「？」

傑特訝異地皺眉。轟！轟！地面持續搖晃著，不好的預感竄過胸口，就在這時——

嘎啊啊啊啊啊啊啊啊啊啊啊！

震耳欲聾的非人咆哮聲響徹，傑特瞪大了眼睛。

「魔物!?」

同時，小巷中傳來有人大叫的聲音。

「不好了！有魔物在大廣場暴動!!」

話還沒聽完，傑特已經衝到大馬路上了。與安靜的小巷不同，走在歸途上的市民們或驚聲尖叫，或連滾帶爬地奔逃，場面一片混亂。

「！」

異狀很快地映入傑特眼中。一顆粗獷的岩石頭顱出現在橙色屋頂上方。是巨大黏土巨魔像

的頭。

「那是——！」

傑特推開徬徨的人們，朝大廣場疾奔。他想起剛才經過廣場時，沉睡在馬車上的魔物。是因為睡眠狀態不完全才會暴動的嗎？不論如何，那不是能任其在這種大城市裡暴動的魔物。傑特沉著臉，抵達大廣場。

「喂、怎麼搞——」

見到廣場上的光景，傑特把還沒說完的話吞了回去。

大廣場上慘不忍睹。石地板被掀翻、長椅被踩爛、象徵伊富爾的巨大傳送裝置也歪倒在一旁，上面出現巨大的龜裂。

最慘的是，已經面目全非的廣場上，躺著許多冒險者。

黏土巨魔像正以陰森的紅眼，俯視著跌坐在自己腳邊的數名冒險者。岩石魔物以雙手組成的拳頭，已經高舉過頭了。

「噫……！」

魔物的拳頭，對準那些武器與護具殘破不堪、只能茫然地看著那拳頭的冒險者們揮下——

「快趴下！」

傑特舉起背後的盾牌，閃到冒險者們與魔物之間。隨後，疊加了黏土巨魔像的重量與離心

力的沉重攻擊落下。萬鈞的衝擊從盾牌傳到雙臂，將傑特震得渾身發麻。儘管如此，他還是確實地擋下了這記攻擊。

「傑、傑特先生!?」

「趁現在後退！」

傑特大喝，冒險者們連忙起身向後逃，而黏土巨魔像的目光盯著其中一名冒險者。確認到牠的動作，傑特抽出腰間的劍。

「魔惑光！」

傑特詠唱了幻覺魔法。這是能影響對手的意識，讓對方轉移注意力的盾兵專用魔法。傑特將縈繞魔力之光的劍插在地面後，光芒愈發強烈，原本想追殺冒險者們的巨魔像停下動作，粗獷的臉緩緩轉朝傑特的方向轉來。

「我吸走巨魔像的敵視（仇恨）了！不能讓牠離開這廣場！」

嘎啊啊啊啊啊啊！

岩石巨人發出足以震撼大地的咆哮，轉換目標，朝傑特揮拳。

「嗚！」

雖然傑特的巨大盾牌擋住了攻擊，但身體還是被推得後退了幾分。真是驚人的攻擊力。假如不是防禦力特別高的盾兵，別說被一拳打飛了，甚至有可能當場死亡。

「傑特先生……一個人……不行……！這傢伙是團戰頭目！」

一名被人架在肩上的冒險者，斷斷續續地勸阻著。揹著盾牌的這名冒險者，應該是讓巨魔像沉睡，將其運到這廣場的冒險者之一吧。

「！牠是團戰頭目哦……！」

傑特苦著臉嘟囔，仰望那黏土巨魔像。

被稱為團戰頭目的魔物，身體全都相當巨大。正因為身體巨大，所以體力與攻擊力都高到異常，是比一般頭目強上一倍的強敵。由於無法由單一隊伍討伐，所以至少要有三支隊伍以及複數的盾兵與補師，才能應戰。

「……我知道了。所以，為什麼會變成這種狀況？」

「我、我也不知道……我們為了採取素材，以魔法讓牠沉睡後把牠帶回來……應該至少可以睡上三天的，卻突然醒過來開始暴動……」

「那麼，這是——」

「嘻哈哈哈！你來啦，該死的盾兵！」

一道聽過的聲音從天而降，打斷傑特的話。傑特抬頭，在巨魔像上看見一道人影。那人的左臉有紅色刺青，是白天在伊富爾服務處鬧事的冒險者史雷•葛斯特。

「你……！」

「嘻嘻，這場面真好看。我的超域技能〈妨礙作夢者〉怎麼樣啊？」

史雷得意地發問，傑特理解了一切。

「是你操縱牠的嗎，史雷！」

「沒錯。這傢伙被我催眠了，正在夢裡暴動哦！」

「你知道自己在做什麼嗎？讓巨魔在這樣的大城市裡暴動的話——」

「我知道啊，不好嗎？我要把你和那個讓人火大的櫃檯小姐，還有整座城市踩爛！」

啪嘰，令人不安的聲音傳入傑特耳中。只見巨魔像的一隻腿上，其坑坑巴巴的縫隙之間，生出了白色礦石般的物體。那白色物體在轉眼之間覆蓋住整隻腳，使原本就粗大的腿變得更加巨大。巨魔怪抬起那白色的巨足。

「死、死亡粉碎！」

「不會吧、在這裡使用那種招式的話……！」

廣場上的冒險者們紛紛發出哀號，臉色鐵青。

「就、就算是盾兵，碰上那招也必死無疑！不可以硬接！傑特先生快逃！」

「就算要逃——」

傑特也切實地從那招式中感受到異樣的危險。不輸野生動物的第六感，正在叫他快點躲開。可是環視四周，還有好幾名倒在地上、無法自行起身的冒險者。假如不擋下巨魔像的攻

擊，他們肯定會當場被踩死。

「……！」

傑特瞪著巨人的腳心，舉起愛用的盾牌。仰望著發出轟隆聲響，朝自己壓下的巨大白足，厲聲大喝道：

「發動技能，〈鐵壁守護者〉！」

傑特頓時被紅色的技能光芒所包覆。盾牌與護具瞬間硬化，防禦力也大幅增加。緊接著「轟！」一聲，黏土巨魔像的巨足將傑特踩成一灘肉泥。

「傑特先生!!」

——不，傑特艱難地接下了這一擊。

儘管腳下地面因衝擊而塌陷，但仍然以非比尋常的防禦力擋下巨人攻擊的傑特，使廣場上的冒險者們忘了呼吸。

「太、太厲害了，居然擋住了死亡粉碎……！」

話雖如此，傑特的臉色並不好看。就算擋得住剛才那一擊，久戰的話還是會因疲勞而撐不下去。他瞥了一眼傾斜龜裂的傳送裝置，應該已經壞了，沒辦法利用它把魔物轉移到別處去。

「……！只能當場討伐了……！這傢伙的攻擊由我來接下！你們盡可能把能戰鬥的冒險者找來！」

「可……可是，你一個人——」

「久戰不利，動作快！」

「……！是！」

冒險者們擔心地回望著傑特，四散離開廣場。

「哈，出現啦，〈鐵壁守護者〉。居然能一個人擋下團戰頭目的攻擊，不愧是白銀——」

史雷從巨人肩上俯視傑特，佩服似地摩挲著下巴。不過他仍然游刃有餘地竊笑著。

「——可是，沒有能交替（Switch）的副盾兵（Sub Tank）也沒有補師，你能一個人和團戰頭目對抗多久呢？」

「……」

史雷說的沒錯。討伐強大的團戰頭目時，為了不讓攻擊集中在一名盾兵上，會由數名盾兵輪流吸引敵視，一邊交替一邊維持長期作戰。不論是多麼優秀的盾兵，被猛烈地集中攻擊的話，很快就會筋疲力盡。

「咯咯……你明白了吧？該死的盾兵。我可不是你惹得起的人物啊！」

也許因為無法踏碎獵物而感到煩躁吧，巨魔像狂暴地咆哮著，不斷地踐踏傑特。廣場因此大幅晃動，傑特一邊承受攻擊，一邊調整位置，慢慢把巨魔像引到沒有傷患的場所。

「哈哈！為了保護那些動不了的雜碎，故意引開巨魔像？盾兵也真辛苦呢……不過，就算你那麼做也沒用哦——喂黏土巨魔像，把整座城市化為地獄吧！」

史雷下令，巨魔像為了凝聚力量似地縮起身體。

「這次又想做什——」

嘎啊啊啊啊啊啊啊啊！

巨魔像發出比剛才更響亮的咆哮，同時，岩石碎片從身上爆開，朝四面八方飛散。

「！大範圍攻擊嗎……！可惡！」

很快地，岩塊之雨落在整座城市，連綿的橙色屋頂與石牆被摧毀。尖叫與哀號聲接連四起。

就算吸住了敵視，面對大範圍攻擊時，盾兵也莫可奈何。傑特懊惱地以盾牌彈開落下的岩塊，但那些滾落的岩塊並非普通的石頭。

只見那些岩塊開始膨脹，很快地變成人形，成為小型的巨魔像，朝傑特攻來。

「什麼……!?」

傑特俐落地揮劍，將小型巨魔像斬成兩半。雖然這些小嘍囉的防禦力遠遠比不上本尊的黏土巨魔像，但假如這麼多小型巨魔像在城裡暴動的話——

「嘻哈哈哈、會很慘對吧？整座城市會變成戰場呢！」

「可惡，你……！」

傑特苦澀地皺眉。假如小型巨魔像在城裡暴動，冒險者們當然會忙著對應它們，沒辦法趕

過來幫忙。到時候，這裡將會成為最糟的膠著戰——

14

「啊啊啊，真是的，吵死了……！」

伊富爾服務處的辦公室，亞莉納正瞪著眼前的文件，邊對黏土巨魔像足以震動窗戶的咆哮皺眉。

由於此地離岩石魔物暴動的大廣場不遠，人們當然全都去避難了，整個伊富爾服務處變成了空殼。儘管如此，亞莉納仍然坐在桌前，一臉拚命地處理文件。

「……那個……混帳上司……!!」

亞莉納沉聲罵著，瞪著一張寫著『在今天之內完成白天糾紛的報告書』的紙條。那是出外採購前確實不存在的，上司的命令。

當然比起上司的命令，確保安全更重要。可是亞莉納知道，所謂報告書這種東西，若當天不完成的話一定會忘記細節。且時間一拖長，就會像詛咒般附在身上，影響明天的下班時間。

在這種時候，必須做的就是可恨的……加班。沒空悠哉地避難。

「混帳上司……!!我絕對饒不——」

嘎啊啊啊啊啊啊啊啊啊啊！

亞莉納還在沉聲咒罵時，廣場上傳來比先前更響亮的咆哮聲。人們的尖叫聲也隨之增加，外頭的氣息愈來愈混亂了。

「……？」

就算是亞莉納，也忍不住走出去觀看情況。只見許多岩石從位在橙色屋頂另一頭的黏土巨魔像身上噴發，散落在城市裡。白天在服務處鬧事的奧客史雷正站在巨魔像的肩上。看樣子，這場騷動是他搞出來的好事。

（……反正是聽不懂人話的奧客，會幹出這種事也不奇怪。）

每天必須面對各種麻煩「客人」的亞莉納，冷靜地眺望著那場面，心想。

既然事情鬧得這麼大，冒險者們八成會很快趕來討伐魔物吧。畢竟這裡是冒險者之都伊富爾，不知有多少冒險者住在這裡。

「是說，這不就是普通的大範圍攻擊嗎？幹嘛吵成那——」

亞莉納目光追著那些從巨魔像身上猛烈射出的岩塊，身體忽然一僵。

其中幾塊大石頭，正朝著亞莉納熟悉的方向飛去。那是離大廣場不遠的安靜住宅區——亞莉納的家所在的區域。

「啊…………？」

儘管亞莉納腦中茫然，但還是本能地發動技能。在迸射的白光中，以超乎常人的腿力向上跳躍，轉眼間點過幾處屋頂，朝自己家奔去。

離家愈近，不祥的預感就愈強烈。自己的家，某個普通的橙色屋頂，城市景觀的一部分。是錯覺嗎？遠遠看去，似乎有根變形的煙囪插在其上……不，其實那個已經肉眼可見了。即使如此，亞莉納仍不肯相信，專心地朝家前進。最後，降落在自家前的亞莉納見到的是——

「——……啊……啊……」

橙色屋頂上深深地插著巨魔像射出的碎片，自己最重要的家。

「騙……騙人……」

那景象使亞莉納的思考瞬間一片空白。雙腿發軟，跪倒在地上。那岩塊逐漸膨脹變形，在呆滯的亞莉納眼前化為小型巨魔像，接著通過以危險的平衡卡住的屋頂，落入家中。

喀刷！喀刷！每當巨魔像在屋內暴動，窗戶玻璃就會碎裂、牆壁出現大洞，連門板都飛了出來。那粗暴的聲音，聽起來就像屋子發出的哀號。

「…………房貸……還有三十年……的說…………………」

亞莉納怔怔地看著化為廢墟的家，某種感情開始在胸口燃燒。

「……那個…………………該死的奧客啊啊啊啊啊啊啊!!!!」

亞莉納的眼中激烈地燃起憤怒的火焰。她搖搖晃晃地起身，回過頭，看著大廣場的黏土巨

魔像。她的思考已經被憤怒占據，完全忘記自我了。

「——我宰了你。」

15

「嘻哈哈哈！不管來多少雜碎都沒用！」

伴隨史雷的大笑，黏土巨魔像揮手打飛冒險者。專心攻擊的前衛們來不及閃避，被打得向後飛去，一落到地上，治療光（Heal）便即刻落在他們身上。

（他說的沒錯……戰力不夠……！）

傑特冷靜地考量現狀。雖然來了能組成數支隊伍的冒險者，但情況很難說得上好轉。

「可惡，攻擊完全不管用！」

「後衛快點施展魔法啊！」

「你傻了嗎？怎麼能在這樣的城市裡施展魔法啊！」

冒險者們因防禦力強大的巨魔像而陷入苦戰。光看外表也知道，巨魔像對普通物理攻擊的防禦力相當高，一般在戰鬥時，都是以弱點屬性的魔法進行攻擊。

「可惡……戰鬥地點太差了嗎……」

該怎麼辦。傑特懊惱地皺眉，就在此時。

鏗！某樣物體以萬鈞的氣勢飛來，撞上巨魔像的右手。

嘎咿咿咿噢噢噢噢噢！

巨魔像發出悲痛的哀號。那也是當然的，因為「那個」飛來的速度太快，直接從肩膀處撞斷了巨魔像的右臂。

「啥!?」

巨魔像的身體因此大幅搖晃，站在它肩上的史雷也笑不出來，而是錯愕地瞪大眼睛。

在天空旋轉的巨大手臂，在人們的注視之下——落在廣場中央的傳送裝置上。巨大的藍水晶也因此更加歪斜，同時，斗篷飛揚，一道人影降落在傑特面前。

那是名小個子的冒險者，斗篷的帽兜拉得很低，手中拿著巨大的戰鎚。一見到那與武器不成比例的嬌小身影，傑特就忍不住睜大眼睛。

「亞莉——處刑人!?」

發現她存在的冒險者們也不禁停下動作，看向身穿斗篷的戰鎚冒險者。

「喂，那個人，難道是……處刑人!?」

「他為什麼會在這裡!?他不是只會出現在攻略不下來的迷宮嗎!?」

縱然吸引了眾多視線，處刑人打扮的亞莉納完全沒有反應。只見她低著頭，無言地站立

著。傑特緊張地在她身後出聲：

「等一下！就算是妳，想單挑團戰頭目也——」

「處刑人！」

從巨魔像肩上見到戰鎚冒險者的身影，史雷愉快地大叫：

「嘻哈哈哈！真是太有趣了……這不是公會瘋狂想找的傢伙嗎！殺了你的話，公會一定會氣死吧！」

「……！處刑人！」

傑特忍不住抓住亞莉納的肩膀，想阻止她。

「沒有複數隊伍一起作戰的話，是贏不過團戰頭目的！妳想戰鬥的話就和其他人——」

「——竟敢，把我的療癒……」

亞莉納揮開傑特的手，打斷他的忠告，極小聲地碎碎唸著。

「咦？」

「……那房子……我的家……是下班後累得像條狗的我……唯一的療癒……現代社會中的……綠洲……我的……天堂……！！」

「……啥？」

「你竟敢、把我的家……我、的家給……！」

亞莉納氣到聲音發顫，用力握緊戰鎚。她背後升騰著驚人的殺氣，斗篷詭異地飄動著。那威壓感使傑特不自覺僵著臉，冷汗直流，小心翼翼地開口：

「喂、喂、處刑——」

「我要、殺了你!!!!」

亞莉納在盛怒中朝地面一蹬，躍到巨魔像殘存的手臂前。她打橫揮動巨大的戰鎚，隨著破空之聲捲起旋風、擊向巨魔像。

劈哩！刺耳的聲音響起。物理攻擊理應完全無效的巨魔像，手肘以下的部分化為了碎粉。

嘎噢噢噢噢噢噢噢噢！

黏土巨魔像發出哀號，身體大幅晃動。原本只注意著傑特的紅眼，也移動到亞莉納身上。

「……魔、魔惑光！」

傑特連忙舉劍，把發出強烈光芒的劍尖插在地上。差點轉移到亞莉納那兒的敵視再次回到傑特身上。見巨魔像停下想往亞莉納走去的步伐，傑特又是安心又是驚訝地吐出一口氣。

（那……那是什麼攻擊力啊!!一不小心敵視就會被吸過去……！）

就算以魔法吸引敵視，若不停使出傷害過高的攻擊，敵人的注意力仍然會轉移到攻擊者身上。例如黑魔導士花時間施展大魔法之後，必須注意別讓敵視轉移到黑魔導士身上——話雖這麼說，不過長年擔任白銀盾兵的傑特，從來沒有讓敵視被轉移過。而且亞莉納根本只是單純地在毆打巨魔像而已。

（沒想到攻擊力居然大到這種地步……！）

傑特因與剛才不同的緊張感而皺眉。看樣子，每當亞莉納發動攻擊時，自己都必須立刻重新施展魔惑光，否則敵視會像剛才那樣，簡單地轉移到她身上。

（亞莉納小姐的斗篷……看起來不是什麼正經護具，至少不像能承受團戰頭目攻擊……就算萬一，也絕對不能讓她被擊中……！）

話說回來，妳不要只穿著一件輕飄飄的斗篷，就跑來和魔物戰鬥啦！盾兵（我）的心臟會吃不消啦——傑特一面在心裡埋怨，一面緊張地吞著口水。他舉起盾牌，仔細地關注著亞莉納的動向，以免敵人的敵視被引走。

「竟敢毀了我的樂園……罪該萬死……看我把你打入地獄……」

至於亞莉納，完全不知道傑特的焦慮，只是低聲嘀咕著，任憑怒氣，猛地向上躍起。只見她輕易地跳到比屋頂更高的巨魔像面前，斗篷邊緣大大地捲起，在半空中揮下戰鎚。

「快……快！黏土巨魔像，快把他打下來！」

史雷連忙下令，巨魔像緩緩抬起手——不對，已經沒有手可以舉起了。因為牠的手已經被亞莉納破壞一半了。

「以死謝罪吧……你這……大塊頭的廢物啊啊啊啊啊啊啊啊啊啊啊啊啊啊！！！！！」

憤怒的戰鎚砸向巨魔像的腦門。

（就是現在！重新吸敵視——！）

傑特立刻舉劍，想再次施展魔惑光——然而，他的手又停了下來。

轟轟轟轟轟!!

亞莉納再次甩出的攻擊，那過於強大的衝擊力，經由巨魔像的頭頂傳入身體——不，是貫穿了整個巨魔像的身體，直入地面。

「「…………………………………啥？」」

全神貫注地想奪回敵視的傑特，以及在極近之處目睹亞莉納那豈有此理的打擊力的史雷，兩人傻怔的聲音，重疊在一起。

不只他們兩人。所有在大廣場目擊處刑人戰鬥的人們，全部瞠目結舌，此時失去頭部的巨魔像直直地站著，一動也不動——

「——一……一、一擊就、結束了……？」

不知是誰，小聲地說出感想。在被寂靜充斥的大廣場上，巨魔像的巨大身體緩緩傾倒，四肢開始分解，於身體倒地的瞬間，全部煙消雲散了。

「騙、騙人的吧……？這是騙人的吧？我們的攻擊，全都沒效的說……？」

「我在……作夢嗎……？」

看著張口結舌的冒險者們，傑特忽然感悟到亞莉納不穿護具的原因了。並非因為無知——在她壓倒性的攻擊力前，所有戰鬥都會在一擊之內結束，根本不需要護具。

咚，亞莉納降落在地上，看也不看傑特或其他冒險者一眼，只是扛著戰鎚大步走了起來。

「……別、別過來啊啊啊——！」

發出驚恐叫聲的，是因為失去立足點而掉落下來的史雷。

「你、你是什麼東西、那是什麼攻擊力!?不可能、不可能、你不是人!!」

不管史雷說什麼，亞莉納只是默不作聲地向前走。

「說、說話啊、你這個怪——」

「不能。」

亞莉納低聲說道。

「——破壞——別人的——東西……」

終於來到血色全無的史雷面前，亞莉納停下腳步，低頭看著他慘白而絕望的臉。

「噫！」

「沒人教過你這件事嗎……你這個——」

她搖搖晃晃地，舉起巨大的戰鎚。

「——混帳奧客啊啊啊啊啊啊啊啊！！！」

「嘎啊啊啊啊啊啊啊！」

鏗！敲擊聲迴蕩於鎮內，戰鎚擊碎了史雷──的耳旁。大廣場的石地板。

然而，能一擊消滅團戰頭目的戰鎚，已經足以把史雷嚇得魂飛魄散、屁滾尿流了。

16

「我的……家……」

被夕陽染成緋紅的伊富爾住宅區。亞莉納抱膝坐在路上，悲傷地看著半毀的心愛的家。

伊富爾已經開始進行受災的復原工作了。儘管已經是黃昏時分，整座城市仍然喧鬧不已，單手扛著木材的土木師傅忙碌地在城中穿梭著。

話雖如此，多虧冒險者們成功將黏土巨魔怪留在大廣場，迅速地討伐了牠，所以整座城市只蒙受了最小限度的損害。史雷已經當場被吊銷執照，關進地下牢房了，不過那種奧客不管變成怎樣都無所謂。

「……這還真……慘烈呢……」

傑特茫然地站在亞莉納身旁，看著眼前的斷垣殘壁，不知該說什麼才好。亞莉納鼻子一酸，這已經不成模樣的屋子，是她無論如何都想保護的家。

「從明天起，我該怎麼活下去呢……有哪裡能撫慰……我因工作而疲憊的身心呢……房貸還有三十年……這種事……太過分了……」

「亞、亞莉納小姐——」

傑特語塞，陷入沉默。他的視線在空中游移，猶豫了一會兒後，看著亞莉納那縮得小小的背影。他握緊拳頭，下定決心，大聲說道：

「……今！今晚!!要不要，住在我家!!??」

「當然是住旅館了說什麼笑話。」

「……」

亞莉納倏地起身，瞥了一眼如石膏像般僵住變白的傑特，不高興地蹙眉。

「都是因為那個混帳奧客，我接下來又得加班了。你快點消失吧。」

「……是……」

傑特悲傷的回應，迴蕩在暮色的住宅區中。

17

萬籟俱寂的深夜，兩名男女走在伊富爾的街道上，抵達白天時巨魔像暴動的大廣場。

作為大廣場地標的傳送裝置已經壞得徹底，整座大廣場看起來就像被戰火肆虐過的廢墟。

——不，團戰頭目黏土巨魔像在城市正中央暴動，損害程度居然只有這樣，已經可以說是奇蹟，該感到慶幸了。

葛倫・加利亞摩挲著下巴，環視著被現場唯一一盞僅存的路燈微微照亮的大廣場。

「處刑人就是出現在這裡嗎？」

「是，我是這麼聽說的。」

回話的是將頭髮綁在腦後、戴著銀框眼鏡的祕書菲莉。她不滿地皺眉，推了推眼鏡。

「白銀的傑特也是，為什麼你們這麼執著於處刑人那種不知是真是假的存在呢？公會明明有很多優秀的前衛在。」

「因為處刑人的身上，可能隱藏著相當不得了的能力。」

「……神域技能嗎？」

「還不能確定呢。必須等直接見面後才知道。不過確實有加以確認的價值，目前我的看法與傑特相同。就是希望他能加入白銀。」

菲莉看開似地嘆了口氣。

「……既然你這麼說，我也不能再說什麼了——公會會長大人。」

葛倫・加利亞——正確來說，是冒險者公會的最高幹部公會會長一揚嘴角：

「呵，處刑人也太大意了。雖然我很感謝他保護了伊富爾，但是既然在城裡現身，就表示他的好運到此為止了……可別怨恨我的技能哦。」

葛倫高舉右手，朝著黑夜說道。

「——發動技能〈時間觀測者〉。」

18

「啊啊啊啊不但房子壞了而且還是得加班我要詛咒那個混帳奧客的祖宗十八代……！」

亞莉納的怨恨之聲，迴響在深夜的辦公室裡。

留在辦公室裡的，只有亞莉納而已。雖然其他櫃檯小姐的文件也都還沒處理完，但她們全都以巨魔像暴動之類的理由，早早回家了。

「唔……雖然我也不知道該說什麼才好……不過打起精神啦，亞莉納小姐。」

亞莉納用力瞪了一眼說著不負責任的話的男人，用力皺眉。

「我不是要你消失嗎？為什麼你會在這裡？」

大模大樣地坐在她旁邊辦公桌的，不用說也知道，是傑特・史庫雷德。

假如他是普通的冒險者，就可以立刻向公會報告，把他直接攆走了，可惜白銀的隊長相當

於冒險者公會的幹部，就算是非相關人士禁止進入的服務處辦公室，也能自由進出。不過攻略迷宮的精英《白銀之劍》，通常不太可能會出現在辦公室就是了。

「是說，亞莉納小姐也可以回去了吧？大家都回去了哦。」

「回去？放著這一大堆文件？……說的也是，過去我也曾經是『今天沒心情加班，所以改天有心情時再處理』派的……」

「咦？」

「可是！我發現了！幫今天怠惰的自己擦屁股的，是明天的自己……！最重要的是，根本不可能會有一丁————點『想加班的心情』！而且工作拖愈久，只會累積得更多……既然如此！還不如現在就做完！這樣明天的自己才能準時下班！！！」

「妳比我想像中的更認真呢。」

「再說，反正今天所有旅館都住滿了像我一樣無家可歸的人。而且辦公室裡有整套的寢具。」

「有整套寢具也未免太……嗯？等一下，沒地方睡的話，還不如來我家比較——！」

「去你家還不如睡辦公室。」

「怎麼這樣……」

「所——以——說——！你很煩快點消失啦！」

「不要。說不定會有不肖之徒，企圖趁重建城市的喧鬧做壞事……當然不能讓女孩子一個人待在這裡。直到妳加班完為止，我都要留在這裡。」

得到正大光明的理由，傑特燦爛地笑著。亞莉納瞥了他一眼，眉間的皺紋更深了。她低頭看向自己手中的文件。

「不用你雞婆。要是有不肖之徒，我會自己揍扁他們。」

「話是這麼說沒錯啦——對了，這邊的文件山已經處理完了哦。」

「啥!?已經!?」

亞莉納大受震撼，忍不住弄倒椅子起身。

由於傑特在身邊繞來繞去很煩，又說他想幫忙，所以亞莉納隨便拿了一疊文件要他處理。

「文件上有一些簡單的遺漏和寫錯的部分，我也順便訂正了。」

「……」

亞莉納雙手顫抖地接過文件檢查，啞口無言。映在她眼中的，是有如由身經百戰的櫃檯小姐處理的，完美到無可挑剔的文件。

（好快……！我明明只有大致告訴他該怎麼做而已……！不但內容正確，而且還仔細地照順序地整理好……甚至連檢查都做完了！）

亞莉納臉色蒼白地瞪大眼睛，表情比在面對凶惡的魔物時更加驚疑不定。

事務工作雖然枯躁無聊，但是不難。問題在於該處理的數量極多。而且由於公會的工作是公職，所以文件上不能有任何差錯。

處理因委託造成的大量文件，可說是一種體力活。每天面對大量文件，毫無缺失地書寫、檢查、挑出錯誤。必須直到連容易忽略的檢查都完美辦到，才能算是獨當一面的櫃檯小姐。

（不僅能在這麼短的時間內不出任何錯誤地處理文件，還能在將近零時的深夜保持這麼高度的集中力……！太強了……這……這男人……很能幹……！）

亞莉納握緊文件，咬著嘴唇沉默了數秒。看向準備拿起下一疊文件的傑特，重新坐回椅子上。

「……我問你哦，你該不會，以前做過這類的事務工作吧？」

「沒有耶？我一直以成為冒險者為目標。雖然有時候會讀一些教怎麼使劍用盾的參考書，不過從來沒有做過這種事務工作呢。」

傑特若無其事地回答，亞莉納心中一凜，表情緺緊。

（原來如此，這傢伙是『只要稍微提點，就能融會貫通、立刻上手的靈巧型人類』嗎！）

相反的，亞莉納是『不論如何努力，不把所有錯誤全部犯過一次，就無法學起來的笨拙型人類』。亞莉納用力咬牙。

傑特剛才處理的那些文件，她當初足足花了半年以上的時間，才總算能完美地處理完畢。

「……！」

有種身為櫃檯小姐的尊嚴被撕得破破爛爛的感覺，亞莉納沉聲嘟噥。

「……真氣人……最——讓人火大的，就是你這種人啦……!!」

「咦？妳在說什——」

「我身為櫃檯小姐，痛苦含淚地努力了三年，你卻一瞬間就超越了，像你這種能幹的傢伙，才是最氣人的啦——！！！」

亞莉納大叫完趴到桌上，用力敲打滿是文件的辦公桌。

「世界真是太不講理了——!!」

「亞、亞莉納小姐冷靜！不是我能幹，是因為妳教得好哦！真的！」

「……嗚、嗚……我不幹了……今天整天我已經品嘗到了人生所有的不公平……已經沒有任何幹勁了……我不想努力了……」

「好、好，亞莉納小姐，剩下的就交給我，妳先睡吧。我會完美地處理完所有文件的。」

「那樣有損我身為櫃檯小姐的尊嚴啦！」

正當亞莉納眼角帶淚，怨恨地抬眼瞧著慌張的傑特時。

咕咚，地上傳來硬物落地的聲音。

「……？」

亞莉納聞聲看向地板。在燈光的映照下微微發光的，是勉強看得出內部刻有太陽魔法陣的赤紅色石頭。是她恐嚇傑特時捏碎的紅水晶的碎片。

「……這不是上次被妳捏碎的紅水晶……嗎……？」

傑特也循著亞莉納的視線看去，也許是回想起那天的恐懼，只見他的臉色有點發白。亞莉納吸著鼻子，將紅水晶的碎片撿起。

「是啊，剛好可以拿來壓文件。」

「把貴重的遺物拿來當紙鎮……」

「怎樣？」

「不什麼都沒……——嗯？這水晶裡面，好像有字？」

剛好見到斷裂面的傑特訝異地指著水晶。亞莉納這才仔細一看，那凹凸不平的斷裂面中，確實刻著細小的金色文字。

「真的耶……是說你居然能在這種距離看清……字明明這麼小……」

「我不是說過嗎？我的眼睛很好的。」

這麼說來，就是因為這傢伙的視力太好，自己以冒險者為副業的事才會曝光。亞莉納一面因不愉快的回憶皺眉，一面唸出上面的金色文字。

「……『委……託……任務』…………？」

她說出聽慣了的詞彙，瞬間——喀！碎片放出強烈的光芒。

「！快退下！」

那眩目的光亮使亞莉納不由自主地別過臉。傑特反應快速地從她手中拍落碎片，將她拉到自己身後。

「嗚哇、你幹嘛！」

掉落在地上的紅水晶不但放射出比剛才更強的亮光，還緩慢地飄浮到空中，此外，金黃色的文字以螺旋狀旋轉著，出現在半空中。

「什麼……!?」

那些文字很快地在空中排列整齊，形成一篇文章。

「這…………這是什麼……委託書……嗎？」

傑特閱讀出現在半空中的字，皺起眉頭。亞莉納也訝異地眨著眼睛，雖然出場方式很誇張，但文章的格式確實相當熟悉。

指定之冒險者階級：無

地點：白堊之塔

達成條件：全樓層頭目之討伐

另委託者之名並未記明。省略接案者之簽名。

依上記內容，承認此項任務承接。

金黃色的文字在空中顯示了一陣子後，倏地融解消失，紅水晶的碎片也失去光芒。變回普通碎片的紅水晶滾落在地上，只餘沉默留在辦公室裡。

「……」

亞莉納凝視著不再有奇怪動作的紅水晶碎片數十秒後，茫然地喃喃道：

「……我是不是太累了……」

「這不是作夢哦，亞莉納小姐。」

傑特小心地撿起紅水晶碎片。原本刻在其中的金色文字已經消失無蹤了。

「剛才那個，是委託書吧？不管怎麼看都是。」

「……嗯，是呢。」

對亞莉納與傑特來說，委託書都是看到爛掉的東西，絕對不會弄錯。金色文字記載的，確實是非常普通的攻略迷宮任務——除了文字是從遺物中蹦出來這點之外。

「從遺物出現的委託書……？再說，我從來沒聽過名叫『白堊之塔』的迷宮。」

「是啊，真是太不可思議了。那麼這奇怪的遺物送你，請白銀努力解謎吧。」

「亞莉納小姐，妳是不是想當成沒看到那委託書？」

「當然。我才不想和那種不管怎麼看都肯定很麻煩的書扯上關係。」

「……」

「你那眼神是想說什麼……！我啊，光是櫃檯小姐的工作就忙不過來了哦。你看到這些文件山了吧!?所以那種事與我無關！」

亞莉納斷然說道，傑特放棄似地輕輕嘆氣，凝視著紅色的遺物。

「說的也是。總之先調查這遺物再說吧。」

19

黏土巨魔像暴動事件的一週後。

原本累積的業務已經解決，就算加班也不必加到太晚，今天的伊富爾服務處也是和平的一天。

雖然對亞莉納來說這是再好不過的事，可是她在看到今早的報紙時，臉色唰地變得慘白。

『處刑人的根據地在伊富爾？公會錯失的人才究竟藏身何處？』

偌大的頭條，使亞莉納忍不住以手掌掩面。

——又來了。

即使離巨魔像的暴動已經過了一週，報紙的頭條仍然都是關於處刑人的事。為了感謝處刑人保護了伊富爾，公會準備了高額的報酬，宣稱要贈送給處刑人，可是處刑人遲遲不肯出面領取獎金，想當然耳，公會自然會以伊富爾為中心，四處尋找處刑人。

（啊啊啊啊我又做蠢事了啊啊啊啊……！）

以戰鎚宣洩自己家被破壞的怒氣的結果，就是這樣。

而且這次不是在迷宮那種只有少數人能進入的狹窄空間裡。而是在城市的正中央，在人數眾多的冒險者面前大鬧了一番。

「為什麼每次都這樣……說起來，還不都是因為那個混帳巨魔像弄壞我家的關係——！」

「啊——前輩又在抓狂了——」

身後突然有人出聲，亞莉納嚇了一跳。她回過頭，見到一雙又圓又大的眼睛與活潑的雙馬尾，新人櫃檯小姐萊菈正盯著她。

「什麼嘛，是萊菈啊。嚇我一跳。」

「什麼嘛是什麼意思啊？前輩妳才是，眉頭又皺起來了哦。」

萊菈嘟嘴說完，露出了燦爛的笑容。

「先不管那個了，前輩！謝謝妳幫我應付那個奧客！」

她指的是一週前被知名奧客史雷找碴的事。

「前輩真是太帥了！如果妳是男的，我一定會愛上妳的！」

「嗯、嗯……因為那種奧客，新人應付不來嘛……」

這後輩一定想不到，亞莉納差點在大庭廣眾之下痛揍史雷吧。亞莉納苦笑著，眼神在空中游移。

其實這不是她第一次幫萊菈收拾善後了。對亞莉納來說，就算扣掉萊菈是新人的部分，也實在算不上能幹的後輩，不過這種坦率的個性，使人無法討厭她。

「但就像傑特大人說的，妳還是別太亂來比較好哦。其實前輩意外地有很多隱藏粉絲，要是臉受傷了，就大事不好——咦？妳在看什麼？」

「啊、沒有……」

「這是……那個處刑人呢！」

眼力很好的萊菈已經看到頭版標題了，只見她眼神突然發亮，激動地湊過來。

「也就是說！前輩是※『處刑人推』嗎!?」（編註：「〇〇推」意指自己支持〇〇、是〇〇的粉絲等，多用於粉絲表明自己支持的偶像等場合。）

「……處刑人推？」

「哎唷——當然是問妳是『傑特推』還是『處刑人推』呀！」

「那是什麼可怕的二選一問題？」

萊菈得意洋洋地對蹙起眉的亞莉納豎起食指，口出驚人之語：

「前輩，妳不知道嗎？最近啊，在女生之間處刑人大人受歡迎的程度不下於傑特大人哦！」

「啥？…………啥？」

「沉默寡言、不表明真實身分、突然現身、輕鬆做到一般人絕對做不到的事、拯救人們脫離危機後再次消失……這不是帥——到不行嗎！而且又很強！這個必須推！」

「是、是哦……」

「其實我的推也是處刑人大人哦——」

萊菈說著，露出陶醉的表情，看起來完全和戀愛中的少女一個模樣。

「妳明明連處刑人的臉都沒看過？」

「那個帽兜底下一定是大帥哥！這個是確定事項！」

哼！萊菈以鼻孔噴氣，朝亞莉納逼近：

「他可是救了伊富爾的英雄哦！就算說要送他獎金也絕對不肯出面！呀——太帥了——！我也想被他用戰鎚揍——咳！是想被他保護……」

「……」

萊菈修正差點脫口而出的真實欲望，遙想起妄想中的處刑人，興奮到喘不過氣。亞莉納只能嘆氣。

看來，世人已經自行將處刑人認定成充滿謎團的正義美男子冒險者了。

「而且討伐巨魔像時，他還和傑特大人一起夢幻同臺呢！前輩妳有看到嗎!?那麼豪華的陣容真的可以嗎!?美形最強盾兵和美形最強攻擊手！真是引人遐想啊……！」

「是嗎？妳覺得幸福就好。」

總之，自己的臉似乎沒被其他人看到。亞莉納半是安心，半是傻眼地嘆氣——就在這時。

「會、會長大人!?」

一道高了八度的驚叫聲響遍伊富爾服務處。緊接著，總是坐在後方辦公桌前喝茶的服務處主管，急急忙忙地走了出來。

被稱為辦公桌前的磐石、除非必要絕不出現在服務處前方的主管，如今臉色慌張、滿頭大汗地出來迎接臨時現身的貴客。

「咦!?那、那是……公會會長大人……!?」

隔著櫃檯見到來客的萊菈，也錯愕地倒抽一口氣。

不只萊菈，所有伊富爾服務處中的人全都驚訝地瞪大眼睛——看著一名外袍繡有公會徽章的初老男人。

理得短短的頭髮，銳利的眼神，曬得黝黑的肌膚。儘管臉上有不少皺紋，但是身材完全不

輸服務處裡的年輕冒險者。

（公、公會會長……葛倫・加利亞!?）

亞莉納也為這位貴客的來訪感到驚訝。

葛倫・加利亞。在役時是霸占「最強」名號的前衛，武器為大劍，如今則是冒險者公會中的最高權力者——公會會長。

「會、會會會長大人，您、您怎麼會突然大駕光臨……！」

主管會如此動搖也是當然的。對於因冒險者而繁榮的伊富爾來說，冒險者公會的會長可說是伊富爾的實質掌權者，不是會隨便出現在小小服務處的人物。

「不用緊張。我只是剛好有空，所以在城裡逛逛罷了。」

與嚴肅的外表相反，公會會長沒有架子地笑著，砰地把手放在主管肩上。

「如、如果您能事先通知一聲，我們就能更妥善地接待您了……」

「咯哈哈！無所謂，不必在意我。我只是聽說處刑人出現在這附近，又剛好有空，所以繞過來看看而已。」

公會會長說出的話，使亞莉納全身發直。

「是、是前幾天巨魔像的事嗎？」

「處刑人很活躍不是嗎？連我都不由得在意起來了呢。」

葛倫轉身環視櫃檯，隨意選了個窗口，走了過去。是亞莉納的窗口。

（為……為什麼是我啊啊啊啊啊啊啊啊！）

大都市伊富爾實際上最有權力的人。不用說，也是最不能暴露身分的人。正當亞莉納臉色蒼白、內心緊張地流著冷汗時，公會會長已經來到她面前了。

「最近服務處的情況如何啊，可愛的櫃檯小姐？」

在近處一看，公會會長的魄力更是驚人。

不愧是過去名震天下的最強冒險者。氣場與亞莉納每天經手的普通冒險者截然不同。那完全無法看透心思的眼睛，使亞莉納更緊張了。

主管提心吊膽地看著亞莉納，生怕她說錯什麼話，亞莉納努力地掛上了平時接待冒險者時用的笑容。

「沒有什麼特別的問題。」

「是嗎是嗎？那就好──」

咯哈哈，葛倫豪爽地笑完，臨時起意似地發問：

「話說回來，小姑娘知道我的技能是什麼嗎？」

「當然。」

亞莉納想也不想地點頭：

「技能〈時間觀測者〉。是能停止現場時間的超域技能，還能倒轉時間，看到過去發生的——」

亞莉納回答著，心中頓時湧起不好的預感，聲音也愈來愈小。這就是所謂的既視感嗎？這情況和那個時候——對，名叫傑特・史庫雷德的白銀混帳大搖大擺地來到自己窗口，說見到處刑人的臉時——

「正確答案。不愧是櫃檯小姐。」

「謝……謝謝會長的稱讚。」

也許是看穿亞莉納僵硬笑容底下的動搖，葛倫瞇細眼睛。

「沒錯，只要使出我的技能，就能停止身分不明的處刑人曾現身的大廣場的時間，回到一週前，觀看那帽兜下的臉。」

「啊啊，會長大人！您是為了查出處刑人的身分而來這裡的嗎？」

「這說法只對了一半，服務處長。」

葛倫凝視著亞莉納，揚起嘴角，說出驚天動地的話：

「——其實，我已經看到了。」

怦通，亞莉納的心臟猛地一跳。

——他剛才……說了什麼？

亞莉納呆立在櫃檯前，茫然地看著公會會長。

葛倫銳利的目光一直停留在亞莉納身上。怦通、怦通，亞莉納心臟跳得飛快，有一種葛倫的臉愈來愈遙遠的感覺。

「您、您已經知道處刑人是誰了……？」

就連主管戰戰兢兢地發問的聲音，也像是從極遠之處傳來似的。即將明白在世間造成轟動的處刑人真實身分的這個瞬間，整個伊富爾服務處都陷入緊張的情緒。最終鴉雀無聲，所有人都緊張地等待公會會長的回答。

——完了。

亞莉納心中的某個部分，不關己事似地想著。

——一切都完了嗎？

漫長的沉默後，葛倫忽然將目光從亞莉納身上移開，誇張地聳肩。

「不，很遺憾，我不知道。」

他演戲似地以手扶額，大動作地搖頭。

「我的〈時間觀測者〉只能『窺見』過去發生的事，無法干涉過去——那傢伙真是太謹慎了，居然還在帽兜下戴著面具。以我的技能無法看到面具下的長相。」

「原、原來如此……就連會長大人的力量，都無法查出處刑人是誰嗎……」

主管洩氣地垂下肩膀，伊富爾服務處再次恢復喧囂。只有亞莉納依然臉色蒼白，如石像般僵在原地。

——我根本沒有戴面具。

在場者中，只有亞莉納一個人明白真相。

啊，這表示——已經穿幫了。

「《白銀之劍》急需優秀的前衛。我非常希望處刑人……不，戰鎚冒險者能加入白銀。但那傢伙似乎相當難以說服。」

葛倫瞥了亞莉納一眼。那眼神，和已經知道處刑人的真實身分的傑特一模一樣。他早已知道眼前的櫃檯小姐的祕密了。是在知道的前提下說這些話的。之所以現身於伊富爾服務處，也不是為了打發時間。

「那麼，我也該回去了，總不能一直打擾你們工作。打擾了，小姑娘。」

葛倫虛偽地笑著，把臉湊近亞莉納低語：

「——這裡不方便說話。後門停著馬車。搭馬車過來公會本部。」

「！」

亞莉納瞪大眼睛。她緊張地抬頭，但葛倫已經遠離櫃檯，並制止主管的送行了。

「……」

到頭來，葛倫沒有揭穿亞莉納的祕密就離開了。

20

馬車內空氣沉重。

「穿幫了……穿幫了……穿幫了……」

亞莉納抱膝坐在椅子邊緣，把臉埋在手臂中，身邊覆蓋著又黑又重的空氣，不停在詛咒似地喃喃自語。

葛倫細心地在離伊富爾服務處有段距離、很少人經過的小巷子裡準備了接送用的馬車。雖然死也不想上車，但是既然身分已經曝光，亞莉納就別無選擇。

亞莉納臉色慘白地請了下午的假，搭上馬車離開伊富爾，前往稍微有點距離的冒險者公會總部。

雖說接送用的馬車是有錢人才使用得起的交通工具，這待遇可說相當好，但亞莉納的心情就和被送到斷頭臺的死刑犯、或是正要被送到屠宰場的家畜沒有兩樣。

（穿幫了穿幫了穿幫了雖然覺得遲早會穿幫但果然穿幫了啊啊啊啊…………）

開除。這兩個字在亞莉納腦中旋轉不已。

自己實在愚蠢到可笑——不對，現在的狀況根本笑不出來。

這次真的不妙了。不能像傑特那時以力量威脅對方，應該說，威脅公會會長的話，不只會被開除，還會讓自己在人生和社會上走到盡頭。

「用不著那麼消沉啦，亞莉納小姐。」

一旁傳來不成安慰的安慰之語。亞莉納瞪了坐在自己身邊的男人——傑特・史庫雷德一眼，飛快地拍掉他伸過來想放在自己背後的手。

亞莉納上車前，這男人就已經在車廂裡了。除此之外，還有兩名冒險者坐在亞莉納對面的座位上。

那是一名手握長長的魔杖（Rod）的嬌小少女，以及一名穿著漆黑長袍的高瘦魔導士男子。亞莉納知道這兩人。露露莉・艾修弗特與勞・洛茲布蘭達——他們都是知名的一級冒險者，也是擁有強大超域技能的《白銀之劍》的成員。

這肯定是為了不讓亞莉納在抵達公會總部之前逃走所做的安排。

「打起精神啦，亞莉納小姐。公會會長又不會突然把妳吃了。」

「不要和我說話你這個告密仔。」

「我、我沒有告密！妳要相信我！」

「煩死了……誰管你有沒有告密……我最討厭你了。用腳趾撞衣櫃的邊角自殺啦。」

「什……！！」

雖然這完全就是遷怒，但傑特彷彿受到天打雷劈似的，表情僵住、嘴唇顫抖不已。

「最……最……最……討厭……我……………」

只見他忽然被抽走靈魂似地臉色發白，與亞莉納一樣抱起膝蓋，蜷縮在椅子上。

「雖然亞莉納小姐總是罵我混帳要我去死快點消失可是從來沒有說過討厭我這明明是我唯一的救贖……」

「傑特，這樣聽起來她從一開始就很討厭你了唔嗯嗯——」

「露露莉，不能對失意的男人補刀啦。」

補師露露莉一針見血地說到一半，黑魔導士勞連忙捂住她的嘴。

「這是事實啊。」

「戀愛中的男人是很纖細的。」

「傑特戀愛了嗎……不管什麼樣的美女投懷送抱都不為所動的那個傑特居然……雖然我想為他的戀情加油，不過目前看起來毫無希望呢。」

「露——露——莉——」

「做人必須面對現實哦。」

「不過，居然有女孩子對傑特不屑一顧呢。我反而對這件事比較驚訝……」

亞莉納瞥了一眼說著悄悄話的妹妹頭少女與紅髮的黑魔導士，以及縮在角落，整個人褪成白色的傑特。你們真的有破壞了我的櫃檯小姐人生的自覺嗎？雖然很想這樣逼問這些白銀，但亞莉納只是看著窗外，重重嘆氣。

「話說回來──這麼可愛的女孩子，真的是處刑人嗎？」

勞終於忍不住探出身子，問出這個問題。

「就是她把地獄火焰龍打得不成龍樣，而且一擊殺死黏土巨魔像？這孩子？就我看來……她只是個普通的櫃檯小姐……」

「等一下你就知道了。」

傑特小聲回答，但勞歪著頭，還是一副難以接受的模樣。

「……但就算亞莉納小姐是處刑人，她還是想當櫃檯小姐吧？」

露露莉不服氣地插嘴：

「就算再強，硬逼她當冒險者，也有點太過分了吧？」

「我也這麼想呢。」勞也用力點頭認同露露莉：「逼女孩子做不願意做的事，也算不上是個男人──再說，硬湊的隊伍不用多久就會分崩離析。那樣我們也會很尷尬的。」

「吶，傑特？處刑人在迷宮裡救過我們，而且還救了伊富爾。這樣算恩將仇報，不是公會會長最討厭的事嗎？……傑特，你絕對知道什麼內情吧？快點老實招來！」

「……我不能說。」

說完，傑特便保持了沉默。

21

離大都市伊富爾有段距離之處，有一座石造的巨大要塞。瞭望塔上飄揚著公會的旗子，走入堅固的鐵製大門後，是有如小鎮般寬敞的空間。

冒險者公會總部——原本是S級迷宮，被當時的精銳冒險者葛倫・加利亞攻略完畢後，如今被作為公會總部加以利用。

亞莉納在白銀們的包圍下，在長長的石廊上前進。穿過左右對開的高大鐵門，來到中庭。

雖然說是中庭，但其中沒有花草樹木或長椅，只有被堅固高牆包圍的、足以讓許多人進行團戰的廣大又無機質的空地。與其說是庭園，不如說更像——

「……競技場？」

被帶來實在不像是拿來談話用的場所，使亞莉納不禁皺眉。

「這裡是公會名下最大的訓練場。」

一名站在寬敞空地上的男性說道。

「！」

那是一名罩著繡有公會徽章的紅色披風，背著經年使用的大劍的壯年戰士——公會會長，葛倫・加利亞，他正等著亞莉納的到來。

他身旁站著一名戴著眼鏡，看起來很一板一眼的女性祕書。她正以「這小姑娘真的是處刑人嗎？」的眼神打量著亞莉納。

「……你想和我說什麼？」

亞莉納扁著嘴，沒禮貌地發問。

雖然這不是一介基層員工的櫃檯小姐，面對公會最高權力者時該有的態度，不過反正被開除定了，所以亞莉納也懶得裝了。至於葛倫也完全不在意亞莉納的失禮，反倒以不可思議的表情打量亞莉納：

「不過，不管怎麼看，都是普通的櫃檯小姐呢——妳能明白利用〈時間觀測者〉看到處刑人的臉時，我有多驚訝嗎？——……直到現在還是很難相信呢。」

「如果你想說的就是這些，那我要回去了。」

亞莉納繼續不高興地皺眉：

「我還得打包回老家的行李呢。」

「慢著慢著，要打包行李是無所謂，但小姑娘該去的地方是白銀，不是老家哦。」

「哼，想開除我就開除吧。但我是不會加入白銀的。」

「不不不慢著——妳好像誤會什麼了，我之所以找妳來這裡，不是要強迫妳加入白銀，也不是要開除妳。」

「咦？」

出乎意料的話，使亞莉納瞪大眼睛。

「這也是當然的。我以前也幹過冒險者，知道就算用權力硬逼妳加入白銀，也無法成為優秀的隊伍的道理。」

「……那你叫我來幹嘛？」

彷彿等這個問題等很久了似的，公會會長奸笑起來：

「和我一決勝負吧，處刑人。」

第一時間，亞莉納無法理解他在說什麼。

「……啥？」

「勝負……？」

亞莉納不禁打量起笑得很得意的葛倫。

「沒錯。像個男人一樣，以拳頭決定要不要加入白銀吧。」

「我是女的。」

「細節就不用在意了。」

「……」

葛倫似乎是認真的。亞莉納打探他意圖似地瞇細了眼睛。

「……我贏的話，有什麼好處？」

「從今以後，公會將不會再插手處刑人的事。」

「！」

「假如妳贏了，就算妳以處刑人的身分潛入迷宮，或是兼職當冒險者，我保證妳櫃檯小姐的立場都不會受到任何威脅。但如果是我贏，小姑娘妳就要乖乖地加入白銀。」

「……！」

他提出的勝利報酬，使亞莉納睜大眼睛。

再也不會面臨被開除的危機。也就是說，今後亞莉納再也不必擔任何心，可以安安穩穩地當個櫃檯小姐。對她來說，這比上百萬的獎金、或是被指名為公會精英的名譽，都遠來得有價值。

「如何？對妳來說，這提議應該不賴——」

「發動技能〈巨神的破鎚〉。」

不等葛倫說完，亞莉納已經一步走上前了。

能永遠確保自己櫃檯小姐的立場。那麼就不用考慮接不接下戰帖了。

以亞莉納的鞋尖為起點，白色的魔法陣出現在腳下，一把巨大的戰鎚無聲無息地憑空出現。

「白、白色的魔法陣……還有戰鎚……！」

「所以亞莉納小姐真的是處刑人!?」

無視身後訝異的勞與露露莉，亞莉納握緊戰鎚，朝葛倫一步一步地走近。

「很好……就是要這樣！」

葛倫的聲音帶著愉快之色，亞莉納則在他大劍的攻擊範圍邊緣停下腳步。她定定地注視著對手，而與安靜的亞莉納相反，葛倫的表情略顯緊張。

「不過，我要先說，妳可別以為能簡單地贏過我哦。」

葛倫誇張地脫下披風，拿起揹在身後的大劍，露出所向無敵的笑容。

——葛倫・加利亞。在役時期被稱為最強攻擊手的傳說級冒險者。

擁有「百年一見的奇蹟」之稱的超域技能〈時間觀測者〉，一邊操縱時間一邊戰鬥的模樣，有如降臨現世的神；以大劍橫掃敵人的身影，宛如凶猛的獅子。至今還沒有人能打破他的迷宮攻略數紀錄，是實至名歸的立於頂點的冒險者。

「〈時間觀測者〉被稱為最強的超域技能，不論妳的怪力有多強，在我的技能面前也沒有任何意義。因為我能停止一切……好了小姑娘，不，處刑人！妳要如何和能停止時間的我戰鬥？別以為妳能輕易地突破我的技噗啊！」

不等葛倫的挑釁說完，戰鎚的平面部分已經擊中他得意的臉了。劈哩，隨著難聽的聲音，葛倫的臉被壓縮成一半，緊接著，身體彷彿想起該跟上整體進度似地飛了出去。數根牙齒也因此「嗞喀喀喀！」地斷裂，初老的身體在地上滑動，重重地撞上遠方的護牆。

——片刻間，訓練場靜默無聲。

「會……會長大人——————!?」

那毫不留情的一擊，使祕書馬上尖叫著奔到公會會長身邊。葛倫躺在地上半晌後，總算呻吟著起身。

「竟、竟然偷襲！太卑鄙——」

祕書轉頭瞪向亞莉納，正想譴責，但是話還沒說完，就倒抽了一口氣。她彷彿見到怪物似地，臉色愈來愈慘白，最後「噫！」地哀號了一聲。

「彼此都拿出武器了，是要拖拖拉拉閒聊到什麼時候……」

亞莉納低聲說著，原本壓抑、濃縮在體內的負面感情噴發出來，在她身邊形成陰森詭異的氣場。

「——只要我贏了……就能一直當櫃檯小姐了……接下來，只要沒有臨時的短期加班……理想中的平穩生活在等著我……！」

一邊碎碎唸，一邊「嗞、嗞」地拖著巨大的戰鎚，朝獵物緩緩走近的凶暴模樣，確實很符合單方面地凌虐罪人的「處刑人」之名。

「……！」

那驚人的殺氣，使周圍眾人失語，而亞莉納以不帶感情的聲音低聲說：

「會長大人。感謝您如此仁慈，願意以武力解決這件事——」

下一瞬間，亞莉納雙眼倏地圓睜，毫不猶豫地朝石地板一蹬。

「所以你去死吧————！！！」

亞莉納眨眼間欺到葛倫身前。那凶狠的表情與毫無仁慈的殺氣，使傑特本能地感受到危機。

「就、就說別隨便挑釁她——發動技能〈鐵壁守護者〉！」

傑特連忙舉起紅色的大盾，在千鈞一髮之際介入亞莉納與葛倫之間。

「亞莉納小姐妳冷靜點！妳認真打下去的話會長會死——」

「不要妨礙我你這個告密仔啊啊啊啊啊啊啊啊啊啊！！！」

伴隨亞莉納的咆哮，戰鎚正面擊中傑特的盾牌。

啪嘰！一直以來對抗過無數強敵、接下了所有攻擊的遺物盾牌，發出響遍整個訓練場的聲響。傑特沒能完全接下衝擊，整個人飄浮在半空中，連著盾牌一起旋轉起來。

「咕啊!!」

他餘勢不止地被擊飛到訓練場邊緣，背部撞在護牆上，如破爛布偶般掉落在地上。

「傑特呃呃呃呃!?」

勉強站立起來的葛倫，看著倒在地上顫抖不已的傑特，因那凶殘至極的攻擊力而臉色發青。

「真的假的、公會最強的盾兵被打飛了嗎!?!?」

「露露莉……如果我眼睛沒出問題……隊長剛才……好像被打到飛起來了……?」

「……我想，應該不是……眼睛的問題……」

勞反射動作地抽出武器，可是又因目睹最強盾兵被一擊打飛的前所未見光景，不敢輕舉妄動，與身旁遲疑著該不該施展治療魔法的露露莉一起流著冷汗。

「是說等一下，傑特是公會現在最強的盾兵哦，如果連他都擋不下來的話——!」

勞猛地驚覺一件事。也就是說，這個世界上再也沒有人能阻止亞莉納了。但是他還沒能說出這個可怕的事實，就又住了口。

因為亞莉納正緩緩朝他們看來。

「「噫！」」

「你們……也想妨礙我嗎……？」

勞與露露莉急急忙忙地把魔杖藏到背後。

「沒……沒沒沒沒沒有哦我們沒有那麼想哦哈哈哈哈？」

「嗯嗯嗯嗯嗯我們只是說說看而已已已已。」

「是嗎。」

「……嗚……！」

訓練場的另一頭，祕書瞪著亞莉納，為了保護葛倫而迅速起身。

「會長大人，請您退下……！」

她從大腿處抽出數把暗器，表情也從原本一板一眼的祕書，變成受過嚴格鍛鍊的護衛。話雖這麼說，她臉上仍然難掩緊張之色。

「處刑人的攻擊力是未知數，太危險了！這裡由我這個祕書兼『護衛』來──」

「哼！」

話還沒說完，亞莉納已經無聲地逼近眼前，戰鎚於好似碰到她鼻尖又沒有碰到的絕妙距離劃過。下一瞬，祕書的眼鏡飛到空中，鏡片碎裂。原本梳理整齊的頭髮也被風壓吹得凌亂。

「……」

……匡啷。

變形了的眼鏡掉落在石製地板上的金屬音，在一片靜默的訓練場的極遠之處響起。

「完……完全、看不見……」

祕書愕然地瞠目，臉上充滿恐懼，茫然地看著眼前無法理解的怪物，全身動彈不得。

「為了……我……平穩的生活……！」

亞莉納從傻住的她身邊經過，緊盯著葛倫的臉，低下身子，舉起戰鎚。

「去死吧啊啊啊啊啊啊────!!」

戰鎚發出咆哮，即將穿透葛倫的臉時──

「──發動技能〈時間觀測者〉！」

已經做好準備的葛倫，朝亞莉納伸出右手。

＊＊＊＊

確認技能在千鈞一髮之際發動後，葛倫「呼──」地吐了一口氣。

時間停止的世界，被無聲所支配。

面部肌肉抽搐的祕書、久違地動搖不已的精英冒險者，全都靜止了。只有葛倫的時間依然流動著，他放下大劍，擦了擦額頭的冷汗。

「好、好險啊……」

儘管相信自己能勝過亞莉納，但仍然忍不住這麼說。葛倫心中沒有勝利的喜悅，只有九死一生的僥倖。

「真是，這樣看來，與其說是處刑人，不如說是鬼神……不，魔神吧。」

葛倫目不轉睛地盯著逼到自己身前的少女與殺人戰鎚，原本險惡的表情緩和下來。

「小姑娘的話，應該比魔神還厲害吧。呵呵。」

正當他一個人說笑時——

劈哩，無音的世界，出現其他聲音。

「什——!?」

葛倫瞪大眼睛。那聲音是從高舉戰鎚、以恐怖的表情大喊「去死吧」的、應該被靜止的亞莉納的方向傳來的。

「等、喂、該不會……!」

劈哩、啪哩，聲音逐漸變得清晰，葛倫心中出現不好的預感，連忙飛身後退。

緊接著，啪嘰！隨著時間扭曲的異樣聲音，亞莉納動了起來。

「——啊啊啊啊啊啊啊啊？」

啪嚓！戰鎚打碎了空虛的地板，亞莉納訝異地歪頭。

「剛才好像停了一下……」

「騙、騙人的吧!?」

葛倫見狀，臉色鐵青地確認四周。除了亞莉納，其他人的時間確實是停止的。〈時間觀測者〉並沒有被中斷。

「我的……技能被破解了……!?」

亞莉納總算回神，發現時間停止的情景、以及毫無聲響的奇異世界，她蹙眉環視周圍。

「大家都不會動……？」

「這裡是我的『觀測房間』……小姑娘。」

一切時間理應全都靜止的這個空間，只有少女處於作用對象外，儘管不想承認這個事實，但葛倫仍只能對亞莉納說明：

「這裡是從巨大的時間之流分割出來的空間，除了我之外的人，時間都會暫時停止……應該是這樣才對。」

事情發展至此，連驚訝都嫌累了。唉——葛倫大大地嘆了口氣，以手撫額。

「……為什麼小姑娘妳能動啊……」

「不知道。」

葛倫忘了勝負的事，思考起來，最後導出一個結論。

「呵呵……果然，是這樣嗎？」

「？」

「哈哈、哈哈哈哈！」

無視亞莉納的困惑，葛倫大笑一陣後，啪地彈響了手指。

「對不起啊，小姑娘。是我輸了。」

他爽快地認輸，聲音也回到了無聲的世界裡。

22

「……哼。這麼乾脆就認輸啦。」

亞莉納以狐疑的眼神看著神清氣爽的葛倫。

「面對那種怪物般的攻擊力，加上〈時間觀測者〉都被破解，當然只能認輸了，看不到獲勝的機會呢。畢竟我還不想死。」

「會長大人!?」

葛倫聳肩，祕書臉色大變地奔到他身邊。

對時間被停止的人來說，一切只是瞬間的事，見亞莉納已經放下戰鎚，祕書鬆了一口氣。趕到訓練場邊緣的露露莉施展治癒光，勞則扶起傑特。

「抱歉啊，小姑娘。讓妳和我決勝負——因為我想知道妳技能的真面目。」

「……真面目？」

「是否真的是神域技能、的意思。」

「……」

「能破解人域技能的，只有超域技能。也就是說，能破解超域技能的，只有神域技能——有這樣的假說。簡單來說，就是只有完全處於上位的技能，才能贏過該層級的技能。」

「……」

「但這終究只是假說。因為到目前為止，沒有神域技能發芽的人。所以超域技能是目前最有價值的技能，而〈時間觀測者〉是最強的技能——但妳解除了拘束，沒有被困在時間的觀測房間裡。也就是說，妳是第一個能使用神域技能的人。」

「哦——」亞莉納漠不關心地應聲，戰鎚憑空消失。「隨便都可以啦。只要你能保證我今後的平穩生活就好。」

「話說回來……」

葛雷也將大劍收回背後，環視到處損毀的訓練場。

「威力真是太可怕了……這些護牆和地板，全都是將遺物的碎片融化後製造的呢……」

「所以我才一直勸你啊，會長。」

在露露莉的治癒光下復活的傑特，除了大盾之外，所有裝備全都變得破爛不堪，淒慘的他不服氣地插嘴：

「雖然我知道你想瞭解亞莉納小姐的實力，但是一個搞不好，可是會變成自殺行為哦……看看我的護具，光是一擊就變成這樣了……」

「啊，不過，真厲害……我好久沒有做好必死的覺悟了呢。」

「我也是。」

勞與露露莉也深有同感地點頭同意傑特的話。連公會精英都畏懼的攻擊力，使葛倫不甘心地呻吟。

「但實際見過後我更中意了呢，這力量、這氣概……比外面的傢伙們強太多了。真是的，當櫃檯小姐實在太可惜了。」

「我也這麼說了。可是亞莉納小姐就是只想當櫃檯小姐。」

「總之！這樣一來，我就能平穩地過日子了。再也別來煩我！」

哼！亞莉納瞪了葛倫一眼，轉身就想離開。難得請了半天的休假，她想利用剩下的時間窩在房間發懶。

「等一下，亞莉納小姐。」

傑特出言挽留。亞莉納以比嚴冬的早晨更寒冷、能使見者全都凍結的眼神低聲啐道：

「幹嘛啦告密仔。」

「就說我沒有告密啦！而且這次我是站在反對會長那邊——」

「你也是，以後再也不准找我說話，也別再跑來我職場了！」

「……亞莉納，妳冷靜聽我說。」

「不要。我要回去——」

「發現新的迷宮了。」

傑特安靜地告知，而亞莉納停下了正準備跨出的腳步。

「……啥……？」

「伊富爾東邊的鄂姆大峽谷附近。總共四層的大型迷宮。難度應該是最困難的S級——」

「新……新、的迷、宮……？」

亞莉納茫然地重複著，視線從傑特移動到葛倫臉上，祈求似地發問：

「這是假的吧？你快說他在騙人。」

「……不。傑特說的是真的。」

可是葛倫無情地打碎了亞莉納的願望，承認了傑特所說的事實。

「根據發現迷宮的偵查部門的說法，那迷宮的難度比因地獄火焰龍而難以攻略的地下遺跡更高……在白銀缺少前衛的現在，想攻略那迷宮幾乎可說是不可能。雖然公會也努力地幫白銀挑選新的前衛，但一直找不到適合的人選，必須盡快決定優秀的前──」

「那種事怎樣都無所謂啦！」

「咦？」

亞莉納一把揪住葛倫的領子，用力搖晃著他，嘶聲發問：

「你知道出現新迷宮的話會變成什麼樣子嗎？能力不怎麼樣的冒險者們會大舉聚集而來，造成任務件數暴增哦！你知道那些委託是誰在處理的嗎!?」

「等、我、不能呼──」

「是櫃檯小姐哦！我必須一直處理不斷冒出來的委託書，除非新迷宮被攻略完畢，否則我的加班地獄會永遠無法結束哦！」

「加、加班？」

「加班地獄又要開始了……！」

亞莉納大叫完，放開葛倫，無力地跪倒在地上。

揍爛了地獄火焰龍，原本以為總算可以從加班地獄解放，奪回準時下班的生活，沒想下個地獄居然這麼快就來了。亞莉納回想起過去無止無盡的加班生涯，嘴唇顫抖不已。

「……喂、喂，傑特。」

葛倫看著大受打擊的亞莉納，小聲發問：

「小姑娘之所以會變成處刑人打倒守層頭目，是因為不想加班嗎……？」

「是的。好像沒有其他原因。」

「……」

葛倫看了抱著膝蓋，如唸咒般唸著「加班……加班……」的亞莉納一會兒，清了清嗓子：

「小姑娘，其實這次的新迷宮，與過去的迷宮不同。是隱藏迷宮。」

葛倫說著，拿出一塊眼熟的紅水晶碎片：

「──『白堊之塔』。聽過這名字吧？」

「！」

突然出現的詞語，使亞莉納住了口。

「其實之所以特地找妳過來，就是為了談這件事哦。」

葛倫看了傑特一眼，繼續道：

「我聽傑特說，遺物中突然出現委託書般的文字。雖然我長年待在冒險者公會，可是從來沒聽說過那種現象。」

祕書補充似地接過話頭：

「我們盡可能地調查了現存的文獻，但是公會創設的兩百年來，也從來沒有過類似現象的紀錄。」

「……雖然半信半疑，但我們還是派了偵查部門去調查『白堊之塔』。然後……還真的找到了。直到不久之前都無影無蹤的新迷宮。我們集合了公會中學識淵博的人，討論之後，只能做出這樣的結論──」

說到這裡，葛倫停了一下，凝視著亞莉納，再次開口。

「──這就是所謂的『祕密任務』。」

「啥……？」

亞莉納不禁懷疑自己聽錯了。

「那不只是傳言嗎？從來沒聽說真的有那種任務。」

「我本來也是那麼想的。但是如果沒有妳，我們連發現這個任務都辦不到，再加上在那個怪異的委託書出現前一直沒有現身的迷宮……能說明這些事的，只有自古流傳的祕密任務的說法而已。」

「……」

「當然，我們在發現新迷宮時，都會小心謹慎地攻略，但這次的任務是前所未有的情況，所以我們也必須更加慎重地進行才行。」

「……為什麼要特地跟我說這些？」

亞莉納懷著不好的預感，不高興地發問，並得到意料之內的回答。

「我希望擁有神域技能的妳，能擔任白銀的前衛。當然，白銀會全面輔助妳，報酬也不會小氣。」

「這和剛才說的不一樣哦？」

「因為不那麼說的話，妳就不會和我比試了嘛。」

「呼……原來如此……是這樣沒錯……可是——」

亞莉納雙眼陡然圓睜，凶神惡煞似地逼近葛倫：

「你以為錢那種東西……可以打動我嗎……!?想打動我的話，就提出能徹底改善職場業務，讓我不需要加班的提議啊……！」

白色的魔法陣倏地在亞莉納腳下成形，見到微微開始發亮的白光，葛倫臉色大變。

「知知知知道了！我知道了！把那危險的魔法陣收起來！」

「知道就好。」

哼，亞莉納中斷技能，卻又疑惑地皺眉：

「說到底，既然那迷宮那麼危險，等白銀做好萬全準備再去不就好了嗎？在那之前，不能讓其他冒險者去攻略嗎？冒險者公會果然是過度勞動（黑心組織）……」

「等一下，妳是不是誤會什麼了——」

「冒險者是成果主義者。就算是被公會挑選出來的白銀也一樣。」

傑特代替慌張的葛倫回答。

「所以在發現迷宮時，白銀必須盡可能地以最好的方法取得成果。搶在其他冒險者之前攻略，對城市的發展做出貢獻。和我們的隊伍狀態好不好無關。沒有取得符合精英隊伍的成果的話，就不配稱為《白銀之劍》。就是這樣。」

被傑特以認真的眼神看著，亞莉納下意識別過視線。

他說的沒錯，不論這樣是好是壞，冒險者一向是奉行成果主義。

就這點而言，冒險者與櫃檯小姐有決定性的不同。櫃檯小姐有固定的工作時間，領的是固定的薪水，身體不舒服時就算請假也沒問題。因為櫃檯小姐是組織的一部分，一定找得到代替自己的人。

至於冒險者，之所以能想休息就休息，想打混就打混——是因為他們的重點在於成果。雖然享有自由，卻會被「成果」束縛。就算是公會挑選出來的精英也是一樣的。

「……是嗎。」

亞莉納嘆了口氣。看樣子，白銀欠缺前衛的事，已經變成嚴重的問題了。在發現祕密任務的現在，他們應該會更急著要找到吧。亞莉納很清楚人手不足的痛苦。假如伊富爾服務處能再

多雇用兩、三名櫃檯小姐，就算冒險者的攻略進度不順利、就算發現新的迷宮，應該也不會變成現在這種加班地獄吧。不過——

「就算是那樣，也不至於非我不可吧。我可是每天閱人無數的哦。」

亞莉納強調似地伸出食指。

「那麼的多冒險者裡，不可能連一個能攻略S級迷宮的前衛都沒有吧。去找其他人啦。」

亞莉納斷然說完，背對葛倫準備離開。新迷宮的登場，等於宣告加班地獄再次來臨。接下來光是自己的工作就忙不完了，哪有空管白銀的問題。

「——吶，小姑娘。」

亞莉納正想快步離去，這時，葛倫在她身後喚道。

「怎樣，還有什麼事？」

「只要妳願意『協助』白銀，加班就會消失，這樣如何？」

葛倫提出的報酬，讓亞莉納停下腳步。

「加班會消失……？」

亞莉納狐疑地著皺眉回頭，見葛倫一副不想提出這條件的表情，苦著臉，不情不願地道：

「雖然妳似乎忘了，但我姑且是公會最有權力的人哦。只要我說一句話，組織就會動起來——就算是濫用職權也一樣。假如我說要讓伊富爾服務處的櫃檯小姐多一倍——這樣一來妳的

工作量就會減少，也就不需要加班了，對吧？」

「什……！」

「妳不需要加入白銀，只要這次『協助』攻略就好。當然，這件事我們不會告訴任何人。攻略結束後，妳就能繼續回去當櫃檯小姐了。如何？這條件不差吧？」

「……」

漫長的沉默。

這是只有公會會長才能提出的條件。

更進一步地說，是比金銀財寶更有魅力的報酬，對亞莉納而言，是求之不得的條件。

「讓……讓我確認、一下。」

亞莉納拚命壓抑幾乎要拔高的聲音，戰戰兢兢地發問。

「所謂的『協助』，只有這次對吧……？」

「沒錯。但如果妳今後也想繼續幫忙，我們當然也很歡迎。」

亞莉納沉默下來。

「協助」白銀——換句話說，就是和白銀一起攻略那個一聽就知道很麻煩的新迷宮白堊之塔。為了過平穩的生活，不得不以最該避免的冒險者身分活動。

但是反過來說，只要暫時忍一忍，就能整頓好職場環境，今後不管有多少冒險者來接任

務，都可以靠人海戰術應付，再也不必過著需要加班的生活。既然如此，有必要猶豫嗎？

不。

「……真……真沒辦法。」

亞莉納視線逡巡了好一陣子，最後小聲地答應：

「只有這次哦。」

「妳願意幫忙嗎！」

葛倫笑逐顏開，亞莉納瞪著他，蹙起眉頭。

「……嗚……沒辦法……這全是為了理想中的準時下班生活……！」

真是的，神明也是很會搞事。為什麼要讓櫃檯小姐發芽這種麻煩的神域技能呢？要發芽的話，幹嘛不發芽在冒險者身上啊！

「不……不過！你一定要遵守不讓我加班的約定哦！」

亞莉納咬牙切齒地說完，把頭撇向一旁，暗自怨恨起兩年前讓技能發芽的自己。

23

那是兩年前的夏天，亞莉納剛成為櫃檯小姐不久時的事。

伊富爾每年都會舉辦連續慶祝三天三夜的「百年祭」，那天是百年祭的最後一晚。慶典的最後一天，正是最高潮的時候，樂隊演奏的熱鬧音樂、以及冒險者們酒酣耳熱的大笑聲，全都傳入亞莉納耳中。

——沒錯，在大都市正中央的伊富爾服務處，深夜的無人辦公室裡，她悲哀地把那些喧囂聲聽得一清二楚。

「為什麼……連這種日子……都得加班呢……」

當然，辦公室裡除了她沒有別人。像這種日子，全城的人全都早早下班，去參加熱鬧的祭典了。連這種日子都必須加班的，應該只有我了吧。這麼一想亞莉納就不禁悲從中來。

「什麼冒險者啊……什麼『冒險者之都』啊……」

亞莉納瞪著眼前堆積如山的文件，恨恨地說著。

「只知道在慶典時大吵大鬧，連頭目都沒辦法打倒的廢物……！」

冒險者公會是為了研究先人的技術與力量而創設的組織。大都市伊富爾作為其根據地，當然住著許多冒險者，被稱為血氣方剛的冒險者之都。

「啊啊神啊我想回家……」

而伊富爾的服務處中，被發配在規模最大最忙碌的伊富爾服務處的亞莉納，正因為連續多日的加班地獄而筋疲力盡地趴在桌上。

「在百年祭當天，以最強烈的意志渴求力量的人，將會得到神的祝福」——這真假不明的傳說，伴隨著慶典的音樂掠過亞莉納腦中。

百年祭，原本是先人為了向自古傳承的神祈求力量，而進行的儀式。作為調查的一環而模仿先人的儀式，想當然耳沒有任何祝福，如今只是冒險者們飲酒作樂的藉口罷了。

可是，亞莉納已經快融化的腦袋模模糊糊地想著。假如那傳說是真的，只要以強烈的意志祈求，神說不定會可憐自己，讓自己不必加班——

「神啊求求祢，請讓我回家——！」

亞莉納想也沒想地放聲大叫，不過當然沒有任何人回應。在安靜下來的辦公室裡，只有外頭的喧囂空虛地迴蕩著。

「誰……不管是誰都好……快點打倒頭目啦……」

亞莉納撲撲簌簌地掉著眼淚，拜託起冒險者們。

由於百年祭期間，公會會特別提高討伐魔物的報酬，因此來接任務的冒險者特別多。雖然就公會的角度而言，這只是炒熱慶典的手段，可是對還不熟悉業務的新人櫃檯小姐來說，是非常惡質的攻擊。

最重要的是，在百年祭開始之前，服務處就因為有難以討伐的迷宮頭目而擠滿了冒險者。百年祭開始之後，情況當然變得更像地獄。

至少那個頭目被打倒的話就好了。亞莉納咬著嘴唇心想。不打倒那傢伙的話，就算百年祭結束，亞莉納的加班也無法結束。

「——如果……我去打倒頭目……」

亞莉納突發奇想地喃喃道。

「就不必一直加班了。」

當然，這想法非常不切實際。因為亞莉納連在迷宮裡徘徊的雜碎魔物都打不倒，而且追根究底，禁止副業的櫃檯小姐也不可能兼職當冒險者。

「……唉……算了……雖然還沒做完……還是先回家吧……至少享受一下下……慶典的氣氛……」

亞莉納終於放棄努力離開伊富爾服務處時，早已超過午夜零時了。

「啊……結束了……」

百年祭的最後一天，為了稍微享受一下慶典的氣氛而前往廣場的亞莉納，見到的是早已收拾完畢、空無一人的廣場。

「……說的也是。」

亞莉納吸了吸鼻子，空虛的感覺一口氣膨脹，重重壓在亞莉納身上。她按捺下不成聲的吶喊，步履蹣跚地離開廣場。

「明天也要工作……早點回家睡覺吧……」

她疲憊地自言自語。

全黑的大馬路。就連走回自己家，都覺得腳步沉重。一名盡情享受過慶典、躺在路邊呼呼大睡的醉漢映入眼中，亞莉納很想一腳踹下去。

「……——」

……真不甘心。

亞莉納暗暗心想。與憤怒或悲傷不同，蟠踞在心中的，是更晦暗的感情。

不甘心。為什麼只有我。

白天忙到暈頭轉向，午休時沒空慢慢吃飯，努力處理不熟練的委託業務，接待不斷上門的冒險者。天天留下來加班，連假日都來加班，付出所有體力、精神與私人時間努力到現在。

這樣的我，為什麼非受到這種待遇不可？

啊啊真可恨。每個傢伙全都如此可恨。可恨到不行。

不論是大舉湧來的冒險者、或是提高報酬的公會、打不倒的頭目、打不倒頭目的廢物，所有造成自己加班的原因，全都如此可恨。

「好想全部都揍一頓——」

亞莉納忍不住吐露真心話，咬著牙，用力握拳。

——好想要力量。

什麼樣的力量都好。不管是停止時間的力量，還是能光速處理文件的力量，不然，能代替無能的冒險者打倒頭目的力量也好。

總之，可以讓自己不必加班就好。想要強大的力量。

「我要把這些全部消滅……！全部……!!」

正當亞莉納從牙縫擠出這些話時。

視野瞬間被白光所占據。

「……？」

亞莉納不禁停下腳步。是因為一直盯著文件用眼過度，所以眼花了嗎？她訝異地低頭，朝光源……自己的腳下看去。

「啊？」

不是看錯或是眼花。在慶典熄燈的黑夜裡，描繪於腳下的白色魔法陣確實散發著光芒。

「……這是什麼？」

累到變成漿糊的腦袋無法思考，正當亞莉納茫然地皺眉時，魔法陣已經無聲地消失了。

「……？」

儘管覺得奇怪，但回家後像團爛泥一樣睡死在床上的亞莉納，隔天醒來時，已經把昨晚的

奇妙遭遇忘得一乾二淨了。

——等她總算發覺自己發芽了非比尋常的怪力技能，又是幾天後的事情了。

24

「睡過頭了——！」

亞莉納慘叫著從床上跳起。

她緊張地看著窗外，太陽已經爬得老高，馬路上有許多冒險者，正為了接任務朝服務處的方向走去。

「不好了不好了不好了！」

亞莉納臉色大變地搖晃著睡翹又毛躁的黑髮，以凶險的表情做最低限度的梳洗打扮。這兒是她親愛的家——不，是伊富爾邊緣的便宜旅館。由於各種原因，她親愛的家的屋頂破了一個大洞，直到修好為止，都必須暫時住旅館裡。

穿好櫃檯小姐的制服後，亞莉納驚覺一件事。

「啊，今天休假。」

原本凶險的表情一下子變得喜笑逐開。

「什麼啊——原來今天休假啊——！」

冒險者之都，大都市伊富爾中有數個冒險者服務處。各服務處的休息日是錯開的，如此一來，就能保證每天都一定有服務處營業。

「以為要上班而起床，卻發現今天其實休假的這種幸福感……！啊——來睡回籠覺吧。」

亞莉納細細咀嚼過幸福的滋味後，穿著制服撲到床上，正想奢侈地睡回籠覺時——

「亞莉納小姐——！」

彷彿瞄準著這一刻似的，窗外傳來完全不想聽到的男人的聲音。

「……」

是幻聽，亞莉納如此告訴自己，把被子蓋在身上。那傢伙應該不知道自己暫時住在這裡。不可能出現在這裡。

「亞、莉、納、小姐——！」

可是那男人——傑特・史庫雷德的聲音比剛才更清晰、不如說更大聲地傳入亞莉納耳中。

而且那帶著雀躍的音色，比平常更煩躁。

「……呃，對了，今天要搬家。」

亞莉納想起煩人的預定，捲著被子嘆氣。

由於她答應「協助」《白銀之劍》攻略這次的迷宮，因此公會會長葛倫提議，讓她與白銀待遇相同、且無償地住進大都市伊富爾一級地區的白銀專用宿舍裡。

「……」

亞莉納無奈地爬出被窩，從二樓窗戶往下看。許多冒險者來來往往的早晨馬路上，有個特別吵的傢伙。

那是有銀色的頭髮、清爽端正的五官，身材高大健壯的青年，以公會最強盾兵之名廣為人知的傑特。就旁人看來，是毫無缺點的美男子。

但亞莉納知道，那傢伙的內在只是個跟蹤狂。

「……他又跟蹤我了嗎……」

除此之外，那傢伙不可能知道自己住在這裡。亞莉納重重地嘆氣，無視傑特煩人的呼喚，砰地關上窗戶，迅速地做起準備。

＊＊＊＊

「……穿、穿便服的亞莉納小姐耶……！」

雖然說要做搬家的準備，但亞莉納的家早已被破壞了，因此她現在的行李只有不到一個旅

行箱的程度而已。

走在她身旁的傑特以稀奇的表情看著亞莉納，拿起行李，稱職地當起馱獸。

休假時亞莉納當然不會穿櫃檯小姐制服。她今天穿了樸素的連身裙，腰上綁著一點女人味也沒有的皮帶，掛著腰包。傑特今天似乎也不需要出任務，不像平常一樣穿著護具揹著大盾，只有佩戴護身用的劍而已。

「我又沒有社畜到連放假都要穿制服。」

雖然今天早上社畜到以為要上班而從床上彈起，不過這部分當然跳過。

「話說回來……我很少來一級地區，感覺挺奇妙的呢。」

兩人走在伊富爾一級地區的幽靜道路上。

平整的石板馬路、裝飾優美的路燈。路上全是穿著整潔華美服飾的富裕階層，偶爾還會有氣派的雙頭馬車經過。就算見到公會的名人傑特，也不會沒禮貌地以好奇的目光打量他。與總是聚集大量冒險者的服務處截然不同，這一帶的氛圍相當令人安心。

亞莉納瞪著即使在一級地區也同樣浮躁的傑特，在心裡嘀咕。

「唉……如果能在放假時一個人來這裡就太棒了……」

「妳把心裡話說出來了哦亞莉納小姐。」

「是說，你為什麼連我在哪裡借宿都知道？你又跟蹤我下班了吧！」

「嗯？當然了。不然我要怎麼知道妳住哪裡。」

傑特毫無愧色地回答。好，讓這個跟蹤狂原地往生吧。就在亞莉納握緊拳頭，下定決心時

──

「請問，我可以開始介紹了嗎？」

一名女性推了推銀框眼鏡，插嘴發問。

從剛才起就默默走在兩人前方的這名女性──公會會長的祕書菲莉，其實她才是負責幫亞莉納介紹新環境的人，而傑特只是單純的勞動力。菲莉看了總算安靜下來的兩人一眼，指著前方的大型宿舍：

「那裡就是亞莉納大人的新居。」

雖然說是宿舍，但是與初出茅廬的冒險者住的、與馬廄沒兩樣的宿舍不同。那是位在大都市伊富爾的一級地區、被優雅圍牆包圍的純白建築物。

「除了白銀之外，冒險者公會的精英們也都住在這裡。亞莉納大人的待遇將與白銀相同。由於您是以白銀的協助者身分活動，因此薪水也與白銀一樣。」

走入大門，是一座有噴水池的庭園，穿過庭園進入建築物後，是寬敞的大廳。菲莉以公事公辦的語氣介紹著，走上螺旋梯，停在某扇門前。

「從今天起，這兒就是亞莉納大人的房間。」

菲莉說著，打開門。一見到房間構造，亞莉納就驚訝到合不攏嘴。

「什……！」

那是比亞莉納家還要大上兩倍的房間。正中央有一張掛著天篷的雙人床，窗邊有裝飾過的可愛抽屜櫃，一旁還有皮製的沙發。

「這是什麼房間啊……！」

看著前所未見的豪華房間，亞莉納在原地呆站了一陣子——不對，不論房間本身怎樣，最重要的是可以在假日無所事事地躺著打滾的床。亞莉納如履薄冰地走入房間，伸手按了按床鋪。不會過硬，也不會太軟，舒服得恰到好處的彈性。使人不禁認為過去睡過的床全都是石頭地板。

「嗚哇啊啊啊啊啊啊這是什麼逼人不想離開的床啊啊啊啊——」

亞莉納忍不住撲到床上。全身被柔軟所包覆，幸福的感覺。連被子的觸感都是最高級的。

「啊～我再也不要下床了。」

亞莉納把臉埋在床單裡喃喃自語，菲莉則平淡地道：

「很高興您感到滿意。從今天起，請自由地使用這個房間——那麼傑特，宿舍的各設施及細部規則就交給你說明了。」

「咦、可以嗎菲莉？」

「我接下來還有工作。告辭。」

菲莉說完就離開了。傑特目送她離去後，吞了吞口水。

「和、和穿著便服超可愛的亞莉納小姐兩人獨處……!?這不就是約——」

「我今天要在房間裡窩一整天，你快滾吧。」

亞莉納一腳把傑特踹出門，以流暢的動作關門鎖門。

「怎……怎麼這樣啦——!!」

傑特的哀號與拍門聲，迴蕩在公會一級宿舍裡。

25

亞莉納在舒服的床上無所事事了一整天，度過充實的假日。隔天，白堊之塔的攻略立刻開始了。

這是個天高氣爽的晴朗早晨。但是從馬車下來的亞莉納，卻消沉地垂著肩膀，以蹣跚的步伐走向冒險者公會總部。

「我的……有薪假……」

一路上，亞莉納都悲傷地喃喃自語。

櫃檯小姐一年有二十天的有薪假。在不會對業務造成障礙的程度下，可以自由申請休假，而且仍然會支薪，是神一般的假日。

可是，那神一般的假日，如今卻必須為了與休息完全無關的事，殘忍地失去一天。犧牲寶貴的有薪假，到底要做什麼呢——就是慢吞吞地來到公會總部這種地方。

「我的……！有薪假……！」

亞莉納咬著嘴唇，吸了吸鼻子。

至今為止，亞莉納一直非常珍惜地使用有薪假。就算身體有點不舒服，也會以意志力撐著上班。因為她是「想一次用掉很多有薪假」的那種人。

在業務忙到一個段落時，配合一般的休假，把累積的有薪假一口氣請光——當然必須把日數控制在不至於令同事反感的程度——在競爭中贏得的短暫假期裡，天天窩在家裡發懶，享受怠惰的生活。

這是只有勞動者才能享受的究極的奢侈……！只有含莘茹苦吞下各種心酸血淚，成功按下因小事使用有薪假欲望的贏家，才能享受的特別獎勵。

可是那「獎勵」卻不得不減少一天，這噩耗使亞莉納從一大早就萬念俱灰。

「會……會長不是說，可以讓妳特別休假嗎？亞莉納小姐。」

由於亞莉納消沉的程度超乎想像，走在她身旁的傑特努力地想找話安慰。但不論說什麼，都無法療癒亞莉納失去神之假日的憂傷。亞莉納以微潤的眼睛狠狠地瞪著傑特：

「公會會長下敕令，讓只不過是基層的櫃檯小姐我放特別休假，這樣太可疑了吧！」

假如公會認為有必要，可以由公會會長直接下令給予休假，這就是特別休假。但是在亞莉納的職場生涯中，從來沒聽說櫃檯小姐得到特別休假的前例。雖然說一般人應該不會因為亞莉納得到特別休假，就直接聯想到她是處刑人，可是亞莉納想避免周圍多餘的關注。

亞莉納之所以椎心泣血地選擇請有薪假，全是為了死守平穩的櫃檯小姐生活。必須在毫不可疑的情況下攻略迷宮，若無其事地回歸原本的生活才行。

「這麼說也是……」

「而且攻略又不可能一天之內就結束每次攻略都必須消耗我的有薪假哦你知道這是什麼意思嗎啊啊啊啊啊!?」

說著說著，亞莉納揪住傑特的領子，邊爆發來自靈魂深處的吶喊，邊用力地搖晃他。

「有薪假是！社會人士的！獎勵哦！是和人權一樣崇高的東西哦!!!!」

「之、之後我會和會長討論該怎麼處理的！我會想辦法的所以放……」

「好……好了好了，妳先冷靜一下吧，亞莉納小姐。」

見傑特的臉因缺氧而逐漸慘白，露露莉連忙解圍。

「我們還是盡快去攻略白堊之塔吧！三兩下解決它吧！」

「……嗚……雖然很不願意……不過也是……全是為了能準時下班……！」

亞莉納苦澀地說著，握緊拳頭。

沒錯。只要亞莉納協助白銀攻略白堊之塔，葛倫保證會讓伊富爾服務處的櫃檯小姐增加一倍。單純計算的話，一個窗口將有兩名櫃檯小姐，如此一來，業務量會減少一半，別說加班時間減少，連休假也會因此變得容易申請。

（多麼美好的未來啊……！我絕對、絕對、絕對要成功!!）

亞莉納下定決心，仰望眼前的巨大傳送裝置。

冒險者公會中央的廣場上，有一座專門用來前往迷宮的傳送裝置。是只有持有冒險者執照的人，才能使用的特別傳送裝置。

「發現白堊之塔的偵查部門，已經在塔的那頭設置好傳送裝置了。」

將執照伸出進行感應後，視野一下子被藍色的光淹沒。經歷瞬間的飄浮感之後，亞莉納的腳踩在堅硬的地面上。因強光而模糊的視野恢復清晰，見到了與冒險者公會廣場截然不同的景色。

「哇……」

放眼望去，是一大片褐色的荒野，這裡是鄂姆大峽谷的邊緣。鮮有人類足跡、保留著原始相貌的鄂姆大峽谷，是整片大陸中甚少發現迷宮的地區。

小型傳送裝置被設置在離峽谷有段距離的場所。雖然發現新迷宮白堊之塔的消息已經公布，但因為被指定為S級，接任務的條件十分嚴格，因此目前見不到其他冒險者的身影。

吹拂在荒野上的風揚起亞莉納的斗篷。確認周圍沒有其他人後，亞莉納掀開帽兜，看著峽谷邊緣的異質建築物。

「那就是……白堊之塔……」

矗立在褐色荒野上，潔白顯眼的美麗螺旋狀高塔。

那塔並非一般的圓柱狀，而是上尖下寬的圓錐形。外牆有宛如旋風般起伏的美麗曲線，在後方荒涼的鄂姆大峽谷的襯托下，存在感相當強烈。

「那麼，重新自我介紹一下哦。」

亞莉納正看白堊之塔看得入神時，露露莉跳步到她面前。

「我是擔任白銀補師的白魔導士，露露莉。只要有我擔任補師，隊伍絕對不會出現死者！」

哼哼，露露莉得意地拍著胸脯。她有一張娃娃臉，留著妹妹頭，個子比手中的魔杖更矮，看起來就像與危險的迷宮無緣的稚齡少女。

但亞莉納知道，與童稚的外表相反，露露莉有驚人的治癒能力，也知道她因為外表又可愛，因此被冒險者們稱為「大家的心靈雞湯」。

「我是後衛的黑魔導士，勞。擅長遠距離攻擊，近戰就麻煩妳了。」

長袍與魔杖全是黑色的勞笑著說道。他有一雙微微上揚的貓眼，雖然後輩萊菈不太提他，不過聽說勞的粉絲也相當多，不輸傑特。

「話說回來，祕密任務啊……沒想到真的有這種任務呢。」

勞雙手交叉在胸前，一面朝白堊之塔前進，一面以微妙的表情感慨著。傑特也誇張地點頭：

「不破壞遺物就無法出現，那當然沒人知道有這任務了。」

「你想說什麼？」

「沒有哦什麼都沒有……嗯，說笑就到此為止吧。」

傑特忽地瞇細眼睛，將視線轉向白堊之塔。

微微壓低的聲音，顯示他的認真的態度。也許是身為隊伍生命線的盾兵責任感使然，他看著白堊之塔的眼神相當犀利。

從遠處看，不會覺得白堊之塔有多高大，但也許因為上尖下寬的造形之故，近看時不但相當高大，而且很有魄力。一行人來到白堊之塔前，入口是大開著的。

「對了，在進入迷宮之前，這個給妳。」

傑特將一塊鑲銀的淡綠色結晶交給亞莉納。保留著原石的銳利尖角的水晶內部嵌著神之印，銀製的鑲座上刻著一對交叉的劍——《白銀之劍》的徽章。

「……遺物？」

「這是公會研發的，利用遺物製作的《白銀之劍》專用『引導結晶片』。」

「哦？」

「持有碎片的人瀕死、或是碎片被破壞時，其他的碎片會引導持有者過來。簡單來說就是同伴出現危機時的緊急聯絡手段。」

「居然有這麼方便的東西啊。」

亞莉納接過結晶片端詳。鑲座與鍊子串在一起，可以掛在脖子上。

「賣掉的話可以換一大筆錢哦。因為是非賣品的稀有道具嘛。」

勞裝出市儈的模樣開玩笑，被露露莉以魔杖狠狠地敲了一記。

「好痛！」

「什麼稀有道具啊！這可是白銀的同伴的證明哦！」

「開玩笑的啦……」

勞吃痛地說著，一行人踏入了白堊之塔。

26

白堊之塔的一樓，映出了相當不可思議的光景。

無盡的昏暗中，凌亂地立著巨木般的白色圓柱。沒有牆壁也沒有隔間，只有圓柱上偶爾設有的遺物燈具正在淡淡地發著光。

「這是什麼奇怪的迷宮啊？」

「嗯，不過迷宮本來就都很奇——」

傑特說到一半突然停下腳步。他似乎感受到什麼，探查了幾秒後，無聲且迅速地對同伴使眼色。露露莉他們立刻抽出武器。

嗞唰，亞莉納也發現沉重的腳步聲逐漸接近。

最後，一隻有三顆頭的巨大黑犬——賽伯洛斯從柱子後方現身。

咕嚕嚕……

也被稱為地獄看門犬的賽伯洛斯，三顆頭全都看向亞莉納一行人，露出牙齒低鳴。

「是賽、賽伯洛斯……？」

巨大到必須仰視的魔犬，使露露莉的聲音中略顯緊張。勞小聲呢喃了句「不會吧」。

「如果是A級迷宮，賽伯洛斯可是頭目級的魔物哦？居然就這樣大刺刺地在迷宮裡走來走去……！」

傑特謹慎地拿著大盾，伸手制止正想向前踏步的亞莉納。

「亞莉納小姐，團體戰時，通常會由盾兵先發動攻擊，吸引對方的敵視。」

「哦——？」

「這樣才容易戰鬥，盾兵沒有吸住敵視的話，像露露莉那樣的非戰鬥成員就會陷入危險之中。為了能盡快吸引敵視，所以前衛不會率先攻擊。」

「原來如此，瞭解。」

「妳沒有參加過團體戰吧？就當練習吧，要上了！」

嘎啊啊啊啊啊啊啊啊啊！

賽伯洛斯大聲咆哮，從口中噴出魔炎。傑特正面迎戰鋪天蓋地襲來的火焰。

「發動技能〈鐵壁守護者〉！」

儘管大盾被魔炎直接擊中，但傑特的技能仍然輕易地擋下攻擊，火焰朝四方消散，傑特隨即拔劍，劍尖朝地面一插。

「魔惑光！」

具有幻覺作用的光，是能把對方的敵意集中在盾兵身上的幻覺魔法。帶著魔力的光於瞬間奪走了賽伯洛斯的視野。三顆頭一齊看向傑特。

「好！亞莉納小姐，趁現——」

傑特的話來不及說完。

亞莉納已經從他身旁經過，用力向上跳起，伴隨著尖銳的破風聲，於轉眼之間欺到賽伯洛斯身邊，朝注意力被吸走的魔獸揮動戰鎚。

咚！沉悶的聲音晃動了整層樓的柱子。橫掃的一擊，同時擊碎了打橫並排的三顆頭。

啊咕，賽伯洛斯發出像是青蛙被踩扁時的聲音。

賽伯洛斯不斷地被從左右鎚打，身體如鐘擺般搖晃，在連哀號都無法發出的重重一擊後斷氣。巨大的軀體從末梢處開始分解，化為煙塵，消失在了黑暗之中。

「原來如此，這就是團體戰。」

亞莉納以理解的表情點頭，回頭見到一臉空虛的露露莉與勞。

「露露莉，我想今天應該沒有後衛（我）出場的餘地呢。」

「補師（我）應該也是。」

「咦？我哪裡做得不對嗎？」

「……不。做得很好。沒有任何問題。嗯。就算有也只是瞬間殺死魔物，會讓人懷疑隊伍的存在意義而已，嗯……」

傑特難過地說著，失落地垂下肩膀。

＊＊＊＊

在那之後，亞莉納繼續以「練習團體戰」之名進行殺戮。所有出現在亞莉納面前的倒霉A級魔物，全都只能活到被傑特吸走敵視為止。

「不過，這力量真是太厲害了。愈看愈爽快呢。」

勞一面看著第四隻只出現幾秒就化為塵埃的受害者——不對，不幸的魔物，感嘆地頷首。

「全部都一擊解決，比體感C級的迷宮還輕鬆呢。」

「是嗎……？我覺得……每當魔物一一被瞬殺時，盾兵的存在價值就一一被抹殺呢……」

「是呢。」

傑特無精打采地說著，亞莉納哼道：

「我可沒空和雜碎瞎耗。如果想浪費我的有薪假，我是不會手下留情的。」

「……話說回來隊長。有件事我一直很在意……直到不久之前為止，白堊之塔一直無影無蹤哦。但是既然已經有這麼多魔物，表示這迷宮應該一直存在，只是人類看不見而已吧？」

勞將手指放在下巴，提出疑問。

「這樣想比較妥當呢。不過不知道為什麼要把迷宮隱藏起來……」

傑特答完，環視光線黯淡的一樓。

「先人到底在想什麼呢……？」

「這麼說來，先人好像有一天就突然消失了呢。」

亞莉納幾乎沒有關於先人的知識。只知道曾經住在這塊大陸的先人們一夜之間突然消失，這種最普遍的說法而已。

「——因為觸怒了神。」

露露莉回答了亞莉納的疑問。

「觸怒了神？」

「先人的求知欲很強，一直在研究、追求強大的力量。性能強大的遺物就是他們留下的痕跡——許多迷宮都像是研究設施，百年祭也是為了得到神力而進行的儀式。我想先人一定是太熱心研究了，所以才會觸怒了神，因此滅亡。」

「……這說法很跳躍呢。」

「這是比喻，不然就沒辦法解釋先人的蹤跡，為什麼會有一天突然消失了。」

傑特在一旁補充說明。

「就算假設赫爾迦西亞大陸曾經存在極為強大的魔物，先人是在生存競爭中輸給牠們好了，整片大陸的人類也不可能在一夜之間完全消失。而且這片大陸上沒有發生過足以毀滅人類的巨大天災痕跡，不解釋成神的旨意的話，就說不通了。」

「哦……」

傑特一面謹慎地探索周圍，淡淡地繼續說著：

「兩百年前，冒險者來到這片大陸，創設冒險者公會，調查先人的事……可是絕大多數的迷宮都被魔物破壞了，使調查一直停滯不前。現在出現這個新迷宮，說不定能讓調查有所進展呢。」

「不過……對我來說，不要有任何新迷宮最好。只會害我一直加班而已。」

不小心想起加班地獄的生活，讓亞莉納厭惡地皺起眉。

27

「這是……門？」

亞莉納仰望著眼前對開式的巨大鐵門，忍不住發問。在圓柱林立的道路盡頭等著一行人的，是有莊嚴裝飾並刻著複雜魔法陣的鐵製大門。

「應該會通往頭目的房間吧。」

「一樓的守層頭目嗎？那就速戰速決吧。」

「話是這麼說……不過似乎需要有鑰匙才能開門。」

「鑰匙？」

仔細一看，門上確實有個鑰匙孔，就算用力推或拉，門也紋風不動。

「……什麼嘛，要上哪找鑰──」

還沒等亞莉納把話說完，傑特突然舉起身後的大盾，把亞莉納整個人藏在盾牌後方。

「啊!?你在做──」

「哈哈！這不是缺人中的白銀大人嗎！」

伴隨著打斷了亞莉納抗議的嘲笑聲，數名男子從黑暗中走了出來。帶頭的茶髮劍士見到傑特用來擋住亞莉納的大盾後，皺起眉頭：

「嗯嗯？你幹嘛拿著盾牌？想和我們戰鬥嗎？」

「不，我只是在提防魔物而已。」

「哼，真膽小。不過這也沒辦法呢？因為你們人手不足嘛？」

亞莉納偷偷透過盾牌裝飾之間的縫隙，觀察這些男人。

站在最前方、臉上帶著賊笑的，是一名把茶色長髮綁在腦後的年輕冒險者──劍士男子。他身後還站著三名冒險者，應該是隊友吧。但是，與大多數冒險者見到公會精英《白銀之劍》時那種羨慕的眼神不同，這些人的眼中帶著明顯的輕蔑之色。

「是啊，魯費斯。我們還沒找到前衛呢。」

傑特臉不紅氣不喘地撒謊，聳了聳肩，名為魯費斯的男人立刻得意地哈哈大笑：

「這可真逗！沒弄到指望中的『處刑人大人』嗎！精銳大人的水準也不行了呢？這次的攻略就讓我們拔得頭籌了。」

亞莉納聽過魯費斯這個名字。其他櫃檯小姐和冒險者應該也都聽過吧。是實力僅次於公會精英《白銀之劍》的高等級隊伍的隊長。

「──話說回來，在指望那種真實身分不明的騙子冒險者的時間點，白銀就沒戲唱啦。」

「……騙子？」

傑特眉頭一跳。

「是啊。不管是打倒地獄火焰龍，或是一擊殺死團戰頭目，一定都是作假的啦。不然他幹嘛遮遮掩掩地不出面？沒作假的話，大大方方地說是自己做的不就好了。也就是說他一定心裡有鬼。連這點都沒看出來，還一頭熱地到處找『處刑人大人』，公會也是夠蠢的呢！」

魯費斯等人訕笑了一陣子，見傑特等人並不反駁，也許因此相信是自己贏了吧，只見魯費斯愉快地拿出一把小鑰匙。「啊！那個是！」露露莉交互看著鑰匙與鎖孔，叫道。

「看樣子，神是站在我這邊的呢。」

魯費斯嘲笑地揚起嘴角，一瞬間可見他眼中燃起晶亮的野心之火，低聲碎唸著。

「……聽說在祕密任務出現的隱藏迷宮裡，有其他地方沒有的特別遺物──看著吧，我會

得到比處刑人那種傢伙更強大的力量……！」

「啥……？」

「你們就在旁邊咬手指，看我們攻略完迷宮吧！」

魯費斯高聲大笑，開鎖打開鐵門，消失在門後。

＊＊＊＊

「那些傢伙是怎樣……」

砰，鐵門發出沉重的聲音，緊緊地闔上，等魯費斯一行人的氣息消失後，亞莉納從傑特的盾牌後鑽出來。

「雖然他們那個樣子，不過都是一流的冒險者哦。」

傑特傻眼地嘆氣，把大盾收回背上。

「他們是公會中實力僅次於白銀的隊伍……不過，嗯，就像妳看到的，個性有點那個就是了。」

「沒事就來找碴……」

也許不是第一次被他們挖苦吧，露露莉看開似地繼續說道。

「他們全都是希望加入白銀，但是沒被選上的冒險者。也許是這個原因吧，他們老是來妨礙我們……肚量實在有夠小的。」

「是說，這樣就傷腦筋了呢。鑰匙在他們手上的話，就沒辦法繼續前進了。」

「那可不行。事關我的有薪假哦。」

說完，亞莉納默默地發動技能。她定定看著魯費斯等人關上的巨大鐵門，緩緩地走到門前，腳邊浮現白色的魔法陣，巨大的戰鎚憑空出現。

「說起來……都是這種需要鑰匙才能開的、麻煩死的門……」

「咦、等、亞莉納小姐？妳想──」

「不好!!!!」

亞莉納大喝，使出渾身之力，將戰鎚重重敲在厚實的鐵門上。

咚鏗──！震耳欲聾的巨響之後，天花板搖晃了起來。照理來說沒有鑰匙就打不開的鐵門，因戰鎚的驚人威力而簡單地變形，其中一邊的門板甚至被打得稀巴爛、飛了出去。

「「「……」」」

鑰匙或門，都不重要了。

三人面無表情地看著被物理手段破開的門，傑特舉起盾牌，彈開飛來的鐵門碎片。

至於亞莉納則是瞪著門的另一頭，大聲地哼了一聲。

「事關我的有薪假哦，沒空和這種門瞎耗。」

28

「吶，亞莉納小姐。我想先人應該是精心製作出那扇門的哦。妳看連裝飾都那麼講究。」

「誰管他。我只想盡快前進。」

被破壞的門後方是大廳。雖然充滿濃烈的乙太，也明顯地感受到頭目的氣息，可是到處都見不到頭目，只見大廳後方設有通往二樓的樓梯。

「那是……樓梯嗎？」

「也就是說，這層到盡頭了？」

「……如果是先進去的魯費斯他們打倒頭目，時間也未免太短了……真奇怪……從來沒聽說沒有守層頭目的迷宮——」

儘管覺得怪異，一行人還是踏上階梯，來到二樓。與一樓圓柱林立的奇妙空間不同，二樓是兩側等間隔地排列著有莊嚴雕飾的石柱的長廊，直達樓層深處。

「怪了，沒有魔物的氣息——」

傑特訝異地皺眉，卻又突然停下腳步。

「怎麼了？」

「好像有什麼聲音。」

「……？我什麼都沒聽——」

——呀啊啊啊啊啊啊……！

從長廊深處隱約傳來的男性慘叫聲，打斷了亞莉納的話。

「！」

勞與露露莉也都聽到了。

「那是慘叫聲嗎!?」

「那聲音——是魯費斯他們嗎!?」

傑特已經動身，朝著慘叫傳來的方向——走廊深處奔去。亞莉納等人也緊跟在後。

最後，一行人來到貌似頭目房間的場所時，門已經是半開的了。傑特率先進入其中，確認裡頭的情況——

「……！」

他忍不住倒吸了一口氣。

地板上畫著巨大魔法陣的房間裡，有三名冒險者倒在血泊中。從裝備看來，他們應該是剛才跟在魯費斯身後的那些男子。

「露露莉！」

傑特大叫之前，露露莉已經揮動魔杖，放出治癒光了。可是光線並沒有停留在那些人身上，只空虛地穿透了過去。

露露莉見狀，繃著臉，安靜地放下魔杖，不再發出治癒光。她茫然地看著那些冒險者。

「……都死了……」

＊＊＊＊

亞莉納停下腳步，無法繼續接近變得冰冷的他們。濃烈的血腥味，在昏暗中擴散的黑色血泊。強烈的死亡氣息使她無法移動腳步。

這是亞莉納第二次碰上認識的冒險者死亡的情況。第一次，是在她還小的時候——

「亞莉納小姐。」

被傑特呼喚名字，亞莉納倏地回神。

「不要看比較好。」

「……」

傑特說完，翻過一名趴在血海中的死者身體。那人的一隻手握著損壞的金屬圓盾，是隊伍

中防禦力最高的盾兵。儘管如此，他的腹部卻有嚴重的損傷，恐怕是被一擊致死的。

「穿透盾牌一擊殺死盾兵……攻擊力非常高呢。」

「所有人的死法都一樣呢。」

「嗯。是被守層頭目殺的嗎……？」

傑特一一調查冒險者的屍體，在檢視到第三人時，忽然皺起了眉頭。

「……不對，有一個人——」

「傑特。」被露露莉呼喚，傑特抬起頭。「沒看到魯費斯。」

的確，屍體只有三具。傑特警戒地探索四周，很快就發現了魯費斯。

「魯費斯！」

他正呆滯地坐在柱子後方。蒼白的臉上有紅色的鮮血，完全不見剛才的囂張氣焰。幸好身體似乎沒有什麼大礙。

「發生什麼事了？」

傑特把手放在魯費斯肩上，安靜地詢問。漫長的沉默後，魯費斯緩緩開口，小聲道：

「……不知道……」

傑特的臉色變得更難看了。就實力來說，魯費斯不比白銀遜色多少。能讓這男人嚇傻的魔物——肯定是相當程度的強敵。

「……那個魔法陣，突然出現人型魔物——使用技能……」

「技能？魔物嗎!?」

傑特訝異地拔高聲音發問。基本上，技能是只有人類才能使用的能力。就算是人型魔物，也從來沒聽說有能使用技能的魔物。

「……總之，先離開這裡吧。」

傑特打破沉重的沉默，起身道。

「這裡是魔物徘徊的地方。既然守層頭目不在，其他魔物很有可能靠——」

傑特正想警告，但已經慢了幾秒。

沙沙！眾人頭頂突然捲起一陣強風。

「快趴下！」

視覺敏銳的傑特發現黑暗的天花板有異狀，厲聲叫道。亞莉納跟著向上看去，藉著微弱的燈光，辨識出巨大翅膀的瞬間——

嘎啊啊啊啊啊啊啊啊！

尖銳刺耳的叫聲迴蕩在房間裡。拍動巨大翅膀威嚇眾人的，是有銳利黑牙的食人蝙蝠——血蝙蝠。

「偏偏在這種時候……！」

勞反應迅速地揮動了魔杖。魔法陣在半空中展開，猛烈的炎之漩渦襲向魔物。異界的蝙蝠連忙躲開火焰，但仍然因膽怯而在空中失去平衡。

「發動技能〈巨神的破鎚〉！」

亞莉納趁隙向上跳，空中出現白色的魔法陣。亞莉納握住憑空出現的戰鎚，朝血蝙蝠的腦門用力一敲。

咕砰！沉悶的聲音響起，血蝙蝠幾乎被打入地板之內。牠拍打著翅膀，掙扎了一會兒後，全身痙攣地斷氣了。

「不是『人型魔物』呢……」

「是被血腥味吸引來的吧。應該還有其他魔物，快點離──」

「那……那把戰鎚……！」

「妳就是，處刑人!?」

魯費斯打斷傑特的話，瞪大眼睛，震驚地指著亞莉納，以及因技能出現的巨大戰鎚。

糟了。等到驚覺身分曝光時，已經來不及了。魯費斯的表情從震驚轉為恐懼，面無血色地看著亞莉納。

「……是啊。」

亞莉納也只能承認。她歎了口氣頷首後，沒想到魯費斯接下來卻語出驚人。

「是嗎……原來是這樣嗎……！處刑人……不是人類呢……！妳是那隻人型魔物的同伴嗎！」

「同伴？」

「魯費斯！你夠了，有些話是不能亂說的哦——」

「她和攻擊我們的魔物一樣……！」

「咦？」

「都從白色的魔法陣中，變出了武器啊!!」

眾人倒抽一口氣。不是人域技能，也不是超域技能，從白色的魔法陣中出現武器。與亞莉納的神域技能完全同樣的特徵。

「難道說，人型魔物使用的技能是……神域技能？」

魔物能使用技能就已經夠難相信了，何況還是目前只有亞莉納能使用的神域技能。儘管難以置信，可是沒有人能否定那種可能性。

因為，這說法足以解釋，為什麼實力僅次於白銀的隊伍，會在短短幾分鐘內被消滅。面對神域技能時，超域技能根本一籌莫展，這件事已經在公會會長與亞莉納的戰鬥中證實了。

「……有話等之後再說。先出去吧。」

傑特不由分說地拉起了魯費斯。

「這迷宮太危險了。」

29

冒險者公會總部，公會會長的辦公室。

葛倫坐在厚重的辦公桌前，聆聽傑特報告白堊之塔的調查結果。直到傑特說完為止，他都只是將雙手放在桌上，沉默地聽著。

「……是嗎，魯費斯的隊伍……」

聽到冒險者的死訊，葛倫的表情變得僵硬。望著虛空的眼神看似淡然，其實帶著深沉的哀愁。那是活過漫長的歲月，嘗過這個世界一切不講理之人特有的眼神。

傑特知道葛倫曾經失去過交付背後的重要隊友。那也是他退休的原因。可以的話，傑特並不想報告這種消息。

「真是……不論聽過多少次，都沒辦法習慣這種報告呢……」

葛倫為死者默禱似地閉上雙眼，半晌後睜開，嘆了口氣，沉重地開口：

「……見不到守層頭目，但出現了擁有技能的魔物。而且還是神域技能。這迷宮比想像的更棘手呢。」

「在塔中徘徊的魔物，全都是等級相當高的魔物。雖然託了亞莉納小姐的福，我們前進得很順利……但那裡很明顯不是普通的新迷宮。應該重新檢討是否該開放給一般冒險者接任務。」

「是這樣啊……」

葛倫嚴肅地沉默下來。良久之後，他靜靜地開口：

「暫時中止攻略白堊之塔，以調查為優先……還有，讓小姑娘看到不愉快的場面了，之後得向她道──」

「等一下。」

一個男人打斷葛倫的話，闖入房間。是身上包著繃帶的魯費斯。

「魯費斯，你不是還在接受治療──」

被人型魔物襲擊的魯費斯，從白堊之塔回來後，很快地前往醫務室接受治療。幸好露露莉迅速地為他療傷，因此傷勢並不嚴重，但魯費斯完全不在意傷口似地大叫：

「中止攻略？名震天下的白銀大人居然變得這麼膽小……」

「魯費斯，你應該是最明白那迷宮可怕之處的人。快回去你房間。」

葛倫嚴厲地斥責，但魯費斯只是冷哼一聲，口出驚人之語：

「我要把處刑人的真實身分說出去哦？」

傑特忍不住走到他面前：

「魯費斯！你究竟是來做——」

魯費斯打斷傑特的話，指著葛倫：

「如果不想把事情傳開，就把處刑人換掉，讓我加入白銀。我要去白堊之塔。」

「什麼……!?」

「哼，你們本來就知道處刑人的真實身分是吧？雖然知道卻刻意隱瞞。不過那也是當然的吧？因為那是人類模樣的怪物嘛！讓怪物加入白銀，可是會引起大騷動的！」

「你給我差不多一點！」

把亞莉納稱為怪物，使傑特忍不住揪起魯費斯的繃帶。

「你瘋了嗎？你不是親眼看到人型魔物殺死隊友嗎！」

「那又怎麼樣？是那些傢伙運氣不好。就只是這樣而已。」

「什麼……！」

「哦？想揍我嗎？我說不定會因為太痛了，不小心把處刑人的事說出去哦？」

傑特立刻冷下臉，沉默下來。魯費斯則滿意地大笑。

「說起來，我本來就看處刑人不順眼了。白銀的下任前衛候補？無視我的存在？那是我的位子。怎麼能讓那種怪物搶走……！」

魯費斯充滿恨意地低語，眼中燃燒著嫉妒的火焰。

「魯費斯……你在打什麼主意？既然你也是冒險者，應該懂吧？和有神域技能的對手戰鬥，很有可能全滅。你也不可能平安無——」

「哈，誰說要和那種怪物戰鬥了？」

「……什麼？」

「『祕密任務的隱藏迷宮最深處，沉睡著特別的遺物』。」

魯費斯說著，被欲望汙染的眼中亮著詭異的光芒。他忍不住似地露出牙齒低笑：

「知道那遺物是什麼嗎？是能得到神域技能的遺物……！」

傑特睜大眼睛。魯費斯說得太斷然了。雖然「隱藏迷宮裡有特別的遺物」是談到祕密任務時一定會提到的事，但從沒聽說那遺物與神域技能有關。這情報太怪異、太突兀了。

輕易相信那種真假不明的消息、隨之起舞是非常危險的行為。不值得為那種消息賭命。是因為強烈的嫉妒心，使魯費斯失去判斷力了嗎？

「有那遺物的話，我就是成功的冒險者了……！到時候就是公會（你們）要跪著求我加入白銀！」

「魯費斯……！你冷靜點！技能是天生的，不是後天修得的！沒必要為了那種不確定的事賭命——」

「少囉唆，別想指揮我！像我們這種凡人啊，想追過充滿天分的天才大人的話，就只能賭

一把了啦！」

「……」

不對。傑特煩躁地忍住想說的話，沉默下來。

就冒險者來說，魯費斯的實力是貨真價實的。但他把沒被選上為白銀的原因怪罪到他人身上，一直充滿嫉妒與仇恨，白白浪費了自己的力量。不論得到多強大的力量，只要他一直被那樣的負面情緒所支配，就不會被選為白銀的一員。

「說到底，你是從哪裡聽說這——」

「你們只要乖乖幫我開好到四樓的路就好！」

魯費斯打斷傑特的話，眼中充滿血絲地大叫。

「你們要和我去白堊之塔。給我搞清楚？我不是拜託你們，是威脅你們。不管是你還是會長，都沒有拒絕的權力……！」

30

從白堊之塔回來後，亞莉納就一直待在白銀專用的豪華房間裡，無所事事。

傑特一回來就立刻被公會會長傳喚，露露莉在治療魯費斯，勞忙著分析白堊之塔的情報，

唯一無事可做的，只有非成員的亞莉納而已。

咚咚。有人敲門。亞莉納隨意地應聲後，傑特開門走了進來。

「嗨。」

他臉上掛著一如往常的笑容，毫不客氣地坐到亞莉納正躺著的床邊。

「休息過了嗎？」

「還行吧。」

「白堊之塔要暫時封鎖了。只有白銀可以攻略。」

「哦——」

「妳好像沒興趣呢……明明發生了那麼多事……」

「我只想快點攻略白堊之塔，不要浪費更多有薪假。」

「說到這個，亞莉納小姐。」

傑特露出微妙的表情，說出令人意外的話：

「白銀決定要讓魯費斯擔任前衛了。」

亞莉納眨了眨眼睛。一瞬間不明白話中之意。

「咦？我呢？」

「妳可以離開白銀，回去當櫃檯小姐了。」

「……哦──」

對亞莉納執著成那樣的傑特，居然會如此爽快地說亞莉納可以離開，使亞莉納第一時間說不出話。思考幾秒後，亞莉納坐了起來，硬是正面看向傑特的眼睛：

「你們該不會說這次不算，要我幫忙攻略其他迷宮，之類的吧？」

「不會。」

「那增加櫃檯小姐的人數，讓我不必加班的約定呢？」

「我們會盡力做到的。因為妳照著約定協助過白銀了呢。」

「……」

太不自然了──亞莉納不禁蹙起眉來。雖然不知道傑特和葛倫是怎麼討論的，可是就亞莉納所知，這個變態跟蹤狂應該不是會乖乖吞下那種要求的男人。一定有什麼內情──

「……是嗎，那就無所謂。」

但亞莉納不再追問。既然魯費斯要代替自己去攻略白堊之塔，那就欣然接受吧。這樣一來就不必浪費更多有薪假了。

「既然如此，今天就是住在這房間的最後一天了呢……雖然很捨不得這張床。我要收拾行李了，你出去吧。」

「……很像妳會有的反應呢。」

明明被下了逐客令，傑特卻苦笑，表情似乎對一如往常的亞莉納感到安心似地。果然很奇怪。亞莉納因這種不對勁的感覺而皺眉。他不是這種懂事安分的傢伙，是和吵著要糖吃的小孩一樣的幼稚鬼。

「……」

但亞莉納還是沒有追究，蓋下了心中的異樣感。她目送著乖乖聽話到不自然的傑特的背影，在他即將關上房門時——

「……你真的沒問題嗎？」

回過神時，自己已經小聲地這麼問了。

沒想到自己會說這種話，亞莉納有點驚訝。

這傢伙的事情，明明怎麼樣都無所謂的。

傑特似乎也沒想到亞莉納會關心自己，呆滯地回了頭。但是話既然都說出口了就沒辦法，亞莉納為了掩飾剛才的反應，故意皺眉繼續說道：

「人型魔物不是會使用神域技能嗎？比神域技能弱的超域技能，要怎麼對抗牠呢？」

「……」

傑特沒有立刻回答。

明明平時都莫名地樂觀有自信，可是現在卻不像他似地移開視線，數秒的沉默過後，傑特

低聲道：

「不管怎麼樣，有命令的話就要去做——這就是《白銀之劍》。」

那帶著覺悟的低沉語氣，讓亞莉納瞬間忘了呼吸。但傑特馬上又變回平常的表情，朝亞莉納揚起嘴角一笑。

「就算對方有神域技能也沒問題。我沒事就被妳揍，現在不也活得好好的嗎？」

「……的確。」

「只要盾兵不倒，隊伍就不會崩潰。我很耐打，不會輕易死掉的。」

雖然他笑著這麼說，可是笑容仍然有一種裝出來的感覺。亞莉納微微皺眉，但傑特已經繼續說下去了：

「雖然這次妳只是臨時助手，但我不會放棄妳的。下次一起去攻略哪個迷宮吧。」

「不要。」

「順便一提，直到妳家修好為止，都可以一直住在這個房間哦——那就再見了。」

「……」

傑特說完想說的話就走了。亞莉納看著他的背影，心中閃過不好的預感，模糊地回想起遙遠的往事。

31

那是亞莉納還不到十歲時的事。

亞莉納的故鄉，位在離伊富爾很遙遠的大陸東端，是個偏僻的小鎮，老家是間小酒館。由於鄉下地方的酒館不多，因此總是有不少冒險者聚集在那兒，其中一名年輕的冒險者名叫許勞德，和亞莉納特別要好。

「喂亞莉納，要說幾次妳才懂，我不是『叔叔』。我才二十幾歲，要叫我『帥帥的哥哥』。」

在一如往常擠滿冒險者的吵鬧酒館裡，許勞德皺著眉，指著亞莉納抗議。同樣的抗議，他已經說過十次以上了。

許勞德是高瘦的青年，總是穿著輕裝鎧甲（Light Armour），戴著長劍，是很普通的攻擊手配置，也是很普通的冒險者。雖然他還不到二十五歲，但是因為喊他「叔叔」時的反應很有趣，所以亞莉納一直叫他「許勞德叔叔」。

「『許勞德哥哥』！來！跟著我說一遍！」

「許勞德叔叔！」

「……叔叔就叔叔嘛，好啊。」

許勞德洩氣地垂下肩膀，鬧彆扭地喝起酒。意料之內的反應使亞莉納很滿意，開心地又叫又笑，許勞德的同伴們見狀，也哈哈大笑起來。

「哇哈哈！在亞莉納眼中，我們都是叔叔啦，這位大叔？」

「吵死了——！我和你們這些肚子有肥油的中年人不一樣！我還是水嫩嫩的二十三歲哦！」

「吶吶許勞德叔叔。」

「什麼事呢亞莉納奶奶。」

許勞德幼稚地回問，亞莉納眼神發亮，一如往常地求道：

「說任務的事給我聽！你之前不是去了迷宮嗎？」

「唉……妳也真是怪胎。像我這種不起眼的冒險者的故事，沒什麼好聽的啦。」

「才不會呢！」

亞莉納很喜歡聽許勞德講冒險的事。甚至為此以幫忙家業為藉口，特地幫他送酒菜。

不過，就如許勞德說的，他的冒險沒有任何緊張刺激的部分，也很少與魔物戰鬥。

與大部分勇敢地挑戰魔物或尚未攻略的迷宮、想因此成名的血氣方剛的冒險者不同，許勞德喜歡前往已經被攻略完畢、沒有頭目的安全迷宮。一面確實地確認迷宮的細節，運氣好的話，偶爾還能找到沒被其他冒險者發現的遺物，拿去變現。他總是稱自己為「膽小的鬣狗」。

儘管如此，亞莉納還是很喜歡聽他的故事。因為——

「我以後也要當冒險者！」

亞莉納在胸前握拳，如此宣布。「好哦——！」周圍的醉漢們也跟著起鬨。得到大家的認同，讓亞莉納興奮地紅著臉，說出自己的夢想：

「亞莉納會成為很厲害的冒險者，和許勞德叔叔一起在迷宮裡進行大冒險，變成有錢人！將來我要住在大房子裡，過著波瀾萬丈的人生！」

「為冒險者亞莉納乾杯！」客人們開玩笑地歡呼，喝起酒來，只有許勞德不怎麼開心地扁嘴：

「冒險者？哈哈，算了吧，像妳這種小矮子是當不來的。」

「我才不矮呢！」

「這種灰頭土臉的工作有什麼好的……對了，妳去當櫃檯小姐吧！妳長大後一定是美人胚子，很適合當櫃檯小姐哦。」

「咦——我才不要，那好無聊。而且那樣就不能和你一起去迷宮了。」

「像妳這種小鬼不用去啦。」

「你說什麼！」

「而且說起來，當冒險者又沒有什麼好的？魔物很可怕，迷宮冷颼颼，工作不穩定，只能

賺到每天的零花錢！所以也沒有辦法貸款，可是武器和護具不但貴得要死，還一下子就會壞掉！」

「……？？？」

雖然許勞德如此感嘆，但是年幼的亞莉納連一半都聽不懂。貸款是什麼意思？只賺每天的零花錢有什麼不好？她全都不懂。許勞德看著歪頭不解的亞莉納，繼續說下去：

「而且我只發芽了很～普通的人域技能，所以不可能成為一流的冒險者——就這點來說，櫃檯小姐的工作太完美了！因為是公職！可以穩定地工作一輩子，不但可以貸款，也不需要買貴死人的武器或護具，最重要的是櫃檯小姐是上下班制，只要在固定的時間上班和下班就行了！其他時間不管要吃要睡要喝酒，都是自己的自由哦！嗚——！如果我是女的，就可以當櫃檯小姐了說。」

「雖然我聽不太懂，不過冒險者比較好玩呢。」

「唉——小鬼就是這樣，只會用小鬼的角度看事情。不過反正妳本來就是小鬼嘛。」

許勞德聳肩，誇張地搖頭。亞莉納不服氣地鼓起腮幫子：

「什麼嘛！你明明只是『雜碎』而已！」

「噗————！」

許勞德忍不住把剛喝下去的酒噴了出來。

「喂，是誰教亞莉納那種字眼的！」

許勞德把酒杯重重敲在桌上，同伴們哈哈大笑。明白所有人都是共犯，許勞德不由得苦著臉。

「沒關係！我會保護許勞德叔叔的！」

「可惡，居然用閃亮的眼神這麼說……妳一定不懂被小女孩說要保護你的大叔的心情吧……」

「亞莉納要成為許勞德叔叔的隊友！」

「唉——唉——好啦好啦就讓妳當隊友——」

「真的嗎！說好了哦，不可以說謊哦！」

「當然。雖然我很弱，不過我是會信守約定的男人。」

許勞德和亞莉納勾了勾小指，做下約定後，一如往常地與隊友們離開酒館，接任務前往迷宮了——可是在那之後，許勞德他們再也沒有出現在酒館裡。別說酒館了，整整一週都沒有回到鎮上。

「吶大家，許勞德什麼時候回來啊？」

亞莉納忍不住向酒館的常客們詢問。正在喝酒的冒險者們停下動作，原本總是暢快地放聲大笑的他們，全都露出奇妙的表情，沉默下來。

「……？」

冒險者前往迷宮後，整整一週音訊全無。雖然每個人都知道這代表什麼意思，但沒有人有勇氣告訴亞莉納真相。

就在這時，有個男人臉色大變地衝進酒館。

「許勞德的隊友回來了！」

「！」

聽到期盼已久的話，亞莉納眼神發亮。

「等一下，亞莉納！」

似乎有人出聲阻止自己，但亞莉納還是三步併作兩步地衝出酒館，朝小鎮的入口奔去。很快地，她見到一群全身裝備都破破爛爛的冒險者。是許勞德的隊友。

可是，最重要的許勞德不在。而且平常總是開心地喝酒大笑的那些人，如今個個神色黯然，就連年紀還小的亞莉納都能察覺到那異樣的氣氛。她急急地朝臉色蒼白到如同死者般的那些人跑去。

「許勞德呢？許勞德在哪裡!?」

其中一個人抬起頭。他彷彿好幾天沒進食過似的，眼眶與臉頰凹陷，臉上毫無血色。那有如從地獄盡頭勉強逃回來的模樣，使亞莉納更不安了。

許勞德也變成這樣了嗎？那得快點照顧他才行。要給他喝熱呼呼的湯，還要讓他喝多酒，要叫他叔叔開他玩笑。每次他滿嘴抱怨時，亞莉納總是用這種方式，強行幫他打起精神——

「……………死了。」

那男人小聲地道。

該讓年幼的亞莉納知道這種事嗎？他的精神已經疲憊到沒有辦法考慮這些了。

「咦？」

過於突兀的回答，使亞莉納只能連連眨眼。

「……………死、了……？」

亞莉納硬是擠出笑容，抓著男人傷痕累累的護具。

「你是在騙我吧……？」

男人只是在開自己玩笑。就像亞莉納喜歡把許勞德稱為叔叔，開他玩笑一樣。

可是，沒有任何人肯定亞莉納的話。他們過於悲痛的表情，使剛才那兩個字的涵義，強硬地鑽入亞莉納腦中。

忽然，亞莉納發現被他們拉著的一輛推車。只能躺著一名成年人的狹小載貨臺被麻布覆蓋著，一隻手垂在外頭。

「許勞德!?」

亞莉納鼓起一絲希望，朝推車奔去，正想掀開麻布時，手卻被人用力抓住。

「……亞莉納。不可以看。」

剛才那個憔悴的男人，擠出僅存的力氣，阻止亞莉納掀開麻布。原本無神的雙眼變得晶亮。

「不要！許勞德！許勞德叔叔——」

「這是那傢伙最後的心願！所以絕對不行！」

男人大聲喝阻，讓原本使勁抵抗的亞莉納停下動作。

「……咦？」

抓著自己的手正微微發顫。直到這時，亞莉納才總算正視現實。從麻布底下掉出的手，指尖沒有任何血色。即使自己這樣大吵大鬧也絲毫不動的身體。亞莉納全身凍結，男人別過頭，道出那決定性的話語：

「……許勞德已經……再也回不來了……」

有如五雷轟頂的一句話，使亞莉納呆若木雞地站在原地。半晌後，她放開麻布，兩步、三步，彷彿想逃離被那塊布蓋住的冰冷屍體似地後退。

「騙、人………」

她絆住了腳，跌坐在地上。

許勞德的隊友帶著屍體前往醫院後，周圍的冒險者紛紛對亞莉納表示關心。可是那些話只是茫然地響著，進不了亞莉納腦中。占據了她一片空白腦袋的，只有一個模糊的事實。

——許勞德已經……再也回不來了——

那句話，無情又冷漠地破壞了亞莉納心中非常、非常重要的，與許勞德之間的所有快樂回憶。從他那裡聽到的冒險故事、因為喝酒而泛紅的臉、被稱為叔叔時鬧彆扭皺眉的模樣、一起去迷宮的夢想。全部，全部被塗成黑色。

「……不是、說好了、嗎……？」

每天晚上入睡前，就連昨晚也是，亞莉納都會在腦中描繪美好快樂的未來。成為冒險者，和許勞德一起前往迷宮，假如自己英勇地打倒魔物，搶走許勞德所有的表現機會，他應該又會大皺眉頭吧。但最後應該還是會拿自己沒轍地笑著說「亞莉納真厲害」，摸自己的頭——

「……回來啊……吶……許勞德叔叔……」

從亞莉納口中茫然道出的話語，已經沒有人會朝她出聲抗議了。

亞莉納只是一直坐在冰冷的地面上，茫然地看著虛空。現在還是讓她一個人靜一靜吧，冒險者們如此說著，一一離開了。儘管人們從她身邊消失，太陽西斜、寒夜降臨，她也一直待在原地，看著鎮外，等著許勞德的身影。

可是，不論等多久，許勞德都沒有回來。

大人們告訴她的事實如此冰冷、僵硬、殘酷。年幼的亞莉納第一次明白，這個世界有多冷酷——

＊＊＊＊

「——!!」

亞莉納猛地從床上坐起。

不熟悉的房間映入眼中，一瞬間腦中陷入混亂。但她很快地想起這裡是白銀的宿舍，長吁了一口氣。沾滿頸部的溼黏汗水使人煩膩，那不快感使亞莉納皺起眉，下了床。打開窗戶後，清晨的寒涼空氣灌入房間。

（好久沒做那個夢了……）

在白堊之塔目睹了魯費斯隊友的死，那種面對屍體時的刺痛感，使亞莉納無法不回憶起許勞德的事。

「……」

亞莉納眺望著仍然昏暗的城市，回溯著遙遠的記憶。

——許勞德是被守層頭目殺死的。雖然他那次也是一如往常地，前往已經被攻略完畢的迷宮，可是那座理應被攻略完的迷宮中，有沒被發現的樓層。許勞德的隊伍不小心誤闖其中，原本就是「雜碎」、總是迴避與魔物戰鬥的許勞德，當然無法勝過守層頭目。

「……」

亞莉納搖了搖頭，強行把悲傷的記憶趕出腦中。傑特昨天的表情，與許勞德莫名地相似。為了消除鬱結在胸口的不快預感，她自言自語起來。

「從今天開始要加班了……」

唉，亞莉納故意嘆氣，開始更衣，換上櫃檯小姐的制服。

從來沒想過，自己有一天會用這句話來轉換心情。

32

白堊之塔，四樓。第二次的攻略，傑特一行人來到了最後的樓層。

整個四樓漆黑一片，唯一的光源只有鑲在牆上的小燈。但是對傑特來說，視野明瞭得如同白晝。

不只如此，他還聽得到躲在牆壁另一側的魔物呼吸聲、聞得到魔物散發的異臭、明確地得知魔物的所在之處。

技能〈百眼獸士〉——將感官的靈敏度提高到超過人類的極限，藉著輕微的聲音、氣味與氣息認知敵人的能力，感知範圍相當廣，是傑特的第二個技能。

傑特擁有的技能不只〈鐵壁守護者〉而已。他是第一個發芽了複數超域技能的冒險者，包含〈百眼獸士〉在內，總共有三個技能。但同時使用複數技能的話，會對身體造成很大的負擔，所以平常僅會在戰鬥中使用〈鐵壁守護者〉。

「三樓也沒有守層頭目……愈來愈奇怪了……」

傑特自言自語著。

他是為了避開應該還在迷宮中的人型魔物，才使用〈百眼獸士〉的，但也因此迴避了不少與在S級迷宮徘徊的強大魔物過多的戰鬥。再加上沒有守層頭目，一行人表面上相當順利地在白堊之塔內前進。

「不過對我們來說這樣也是好事。若要和守層頭目戰鬥的話，會消耗太多隊長的體力。」

雖然嘴上說好，但勞的表情並不開朗，看著傑特的眼神中也帶著擔憂：

「……隊長，你還好嗎？不要太逞強哦。」

畢竟是長久以來一起出生入死的伙伴。他看得出來傑特現在累了。

「我沒事——雖然想這麼說，不過還是讓我休息一下吧。」

一行人剛好來到筆直長廊的正中央，確認周圍沒有魔物的氣息後，傑特靠牆坐下。

〈百眼獸士〉乍看之下是相當方便的技能，但由於感官接受過多的情報量，因此非常消耗精神與體力，是一把雙刃劍，不是能連續使用好幾個小時的技能。可是自從進入白堊之塔後，傑特就一直發動著這個技能。再加上有時會遇到無法迴避的魔物，進入戰鬥時，還必須使用〈鐵壁守護者〉。

儘管明白同時使用複數技能的負擔很大，但是他們非避開能使用神域技能的人型魔物不可。所以不得不選擇這種強硬的手段。

「……」

傑特持續使用著〈百眼獸士〉，一邊閉目養神。長年擔任盾兵，他對自己的體力有自信，但長時間使用技能的疲勞仍不容小覷。

「傑特……我們還是先回去一趟吧。」

露露莉擔心地端詳傑特的臉。

「使用技能造成的疲勞，是沒辦法以治癒光恢復的……」

個性認真又強勢的露露莉，如今露出軟弱的表情，一副快哭出來的模樣。愛操心的她，自然不願見到傑特的臉如此蒼白。

是啊，先回去吧。

儘管這話已經到了喉嚨，傑特還是把話吞了回去。如果是平時，他一定會毫不猶豫地選擇

撤退吧。隊上最重要的盾兵弱化，會導致隊伍全滅的危險一口氣升高，且一面長時間使用技能躲開人型魔物，一面與迷宮中的強大魔物戰鬥，本來就是非常亂來的做法。

「哼，小題大作的傢伙，只不過用點技能就不行了。還好意思自稱公會最強。」

此時有人卻嘲笑似地插嘴。是魯費斯。

「魯費斯……！」

露露莉的臉色倏地一沉：

「說起來！還不是因為你不先等傑特吸引敵視就直接攻擊，才會造成傑特無謂的負擔！」

「吵死了妳這個矮子。老子都是這麼幹的。誰要在那邊慢慢等盾兵吸敵視啊。」

「既然你要那麼自私，那我以後就不幫你治療了……！」

「露露莉，別這樣。」

魯費斯那毫不顧慮同伴的行為與態度，使露露莉忍無可忍。雖然明白露露莉的想法，但傑特還是出言制止她。既然都組隊一起進入迷宮了，就必須努力保持團結。起內鬨沒有好處。

「可是這種傢伙——」

「魯費斯，我知道你對我們的做法不滿，不過現在這種情況，不想死的話就配合我們吧。還有，把引導結晶片帶著吧，這樣才能知道彼此的情況。」

「引導結晶片？我最討厭那種假惺惺的友情家家酒了。還有啊，要是你們一直要求我，我

可能會因此大受打擊，在城裡大聲說出那女人的真實身分哦？」

「……」

傑特沉默下來。他之所以勉強攻略白亞之塔，都是基於這個原因。不想讓亞莉納拚命隱瞞的祕密，被這種男人洩露出去。

露露莉和勞的想法也一樣，露露莉蹙起眉頭，不再說話。

「我已經休息夠了。走吧。」

傑特摸了摸一臉懊惱的露露莉的頭，站了起來。不論如何，就算是為了讓被捲入這件事的露露莉和勞能安全回去，也必須以迴避人型魔物為最優先。能不能成功迴避，全都要仰仗傑特的〈百眼獸士〉。

傑特慎重地前進，在腦中凝神思考。

從魔法陣出現的所謂「人型魔物」殺死了魯費斯的隊友。但有一件事，傑特一直認為很可疑。

那三人的屍體損傷嚴重，全是當場死亡，那不是人類能造成的傷口，可以確定他們是死於魔物之手——可是只有一個人，假如傑特沒看錯，是被利刃般的物體刺死的。雖然當時光線幽暗，而且屍體渾身是血，所以只有稍微觀察了一下，無法百分之百肯定，不過對於夜視能力很高的傑特來說，那具屍體有一股說不出的怪異。

彷彿是被誰從背後一劍捅死似的——

（當時能做到那種事的，只有魯費斯而已。但他沒有理由特地在未知的S級迷宮裡殺死隊友……同伴變少的話，他自己的生命也會有危險。）

不論如何，傑特一直注意著魯費斯的動向。就算逼問，魯費斯也不可能說出實話，既然他已經知道亞莉納的真實身分，傑特就沒辦法當面違逆他。

唉，傑特嘆了口氣，凝視著黯淡的走廊深處。

（比起困難的迷宮，必須隨時提防的隊友更棘手呢……）

眾人又前進了一陣子，來到走廊的終點。一道巨大的鐵門矗立在黑暗中。濃烈的乙太從門後不斷滲出。

「……這是最後了呢，隊長。」

勞低聲說道。傑特點頭，抽出腰間長劍，謹慎地開門。

「……！」

一踏入房間，傑特就忍不住以手臂掩鼻。對於因〈百眼獸士〉而變得極度靈敏的鼻子來說，這兒的血腥味太刺激了。但是除了強烈的血腥味之外，感受不到其他氣息，傑特環視房間，微微地抽了一口氣。

「……勞，照明。」

勞答應一聲，揮動魔杖，一顆小光球飛升到天花板的高度，照亮了被四支莊嚴的柱子包圍的挑高房間。

「這是……」

出現在眼前的，是散落一地、已經不知道原本是什麼模樣的碎肉塊。不知被何人奪走生命的碎肉，逐漸融化在空氣中消失。這是魔物特有的消滅現象。表示——

「難道……這些是守層頭目的屍體、嗎……？」

「不會吧，難不成一路上的守層頭目都被誰給殺了嗎……？」

「——每個傢伙都這麼弱，實在太無聊了。」

突如其來的說話聲，使傑特連忙轉頭。

一名男子從粗大的柱子後方現身。假如他是冒險者，那身裝扮未免太不像話了。

他沒有武器、也沒有護具，赤裸著上半身，隆起的肌肉大刺刺地敞開著。腰間纏著寬鬆的布條，及腰的金色長髮並不紮起，而是隨意地披散著。

最奇妙的是男人的心窩，那兒鑲著一顆拳頭大小、閃爍著詭異光芒的黑色石頭。

「……！」

明明施展了〈百眼獸士〉，還是沒能察覺到他的氣息。

這令人難以接受的事實，使傑特全身充斥著不祥的預感。他還沒來得及確認，咚！魯費斯已經跌坐在地上了。

「——人型……魔物……！」

魯費斯震驚地指著朝一行人緩緩走近的男人。

「人型……魔物？不對哦。我不是魔物，也不是人。」

那男人獰笑著。接著向前伸出手臂，如此說道：

「呼喊吧。〈巨神的暴槍〉。」

「！」

似曾相似的、冠以神之名的技能。同時，男人胸口的黑色石頭迸濺出技能之光，腳下浮現白色的魔法陣，一把巨大的長槍憑空顯現。

那鑲著銀色裝飾的長槍，與亞莉納持有的戰鎚頗為相似。

「——我是『魔神席巴』。」

「魔神……!?」

席巴握住生成的長槍，露出好戰的笑容。

「真開心。那些醜陋又可悲的魔物，明明靈魂一點也不好吃，卻沒完沒了地冒出來，到後

來我連殺牠們都嫌煩了！」

席巴愉快地高聲說著，朝地面一蹬，襲向困惑的傑特一行人。

「咕——發動技能〈鐵壁守護者〉！」

雖然速度快到幾乎難以用肉眼辨識，傑特仍然艱難地跟上了防禦。錚！刺耳的聲音鑽入鼓膜，大盾千鈞一髮地改變銀槍的軌道。自耳邊橫過的精銳一閃。反應再遲一點的話，銀槍應該就連著盾牌貫穿傑特的臉了吧。

「！盾牌……！」

儘管彈開了銀槍，但因為攻擊的威力太大，盾牌出現了巨大的龜裂。傑特的臉色變得非常難看。這不單只是遺物武器。還是施加了硬化的超域技能〈鐵壁守護者〉的盾牌。居然如此輕易地被破壞——

「反應很好。你看起來比那些魔物強多了。讓我好好享樂吧——」

——噹！

席巴身後突然傳來響亮的聲音。是傑特在擋下攻擊的同時，扔出去的劍鞘落地的聲音。那聲音使席巴分神了一瞬。

「趁現在！跑！」

傑特趁機朝鐵門的方向拔腿就跑。

這次攻略白堊之塔前，傑特定下了一個規定。就是遇到人型魔物時，絕對不能交戰，必須逃走。因為就這次的隊伍來說，戰力並不足夠。勞與露露莉迅速地照著傑特的指示，朝著不久前才剛穿過的門疾奔——

可是。

「嘻哈哈哈！誰都別想逃！發動技能〈鐵牢中的死囚〉！」

魯費斯的尖聲大笑，響遍屋內。

轉眼間，唯一的退路、房間的出口前方突然立起了鐵柵欄。布滿整面牆的鐵柵欄，完全擋住了傑特等人的退路。

「……！」

傑特看向這技能的持有者——悠然地朝這邊走來的魯費斯。

他的臉上沒有剛才的膽怯之色，取而代之的，是卑劣的笑容。

（雖然早知道必須提防他……沒想到他偏偏要挑在這種時候作亂——！）

傑特懊恨地把視線移回魔神身上。但魔神的身影已經從原地消失，除了黑暗空無一物。

（追蹤不到魔神的氣息……——）

就算全力施展〈百眼獸士〉，也無法感受到在場四人以外的氣息。冷汗從傑特頸部流下。

這樣一來，就無法知道那威力驚人的長槍會在什麼時候、從哪裡出現了。

「魯費斯，你不要鬧了！現在不是做這種事的時候……快解除技能！」

「解除技能？我才不要——」

儘管同樣陷於絕境，魯費斯卻冷靜得古怪。那態度彷彿是坐在安全的觀眾席上，欣賞著猛獸出柙的危險的競技場一般。

「喂……反正你們死定了，就告訴你們一件事當作餞別吧。」

魯費斯忽地壓低聲音，看著傑特，得意地吊起嘴角。

「魔神啊，本來是被封印在這座迷宮裡的哦。」

他笑嘻嘻地說著，把手放在鐵柵欄上。鐵柵欄回應施展技能者的意志而變形，讓魯費斯通過後，又恢復原狀。

「可是我解開了那封印。只要讓他吃人類的靈魂，他就會開始活動唷。」

「……」

又來了。傑特再次產生不和諧的感覺。魯費斯信心滿滿地說出這些從來沒聽過的情報。這表示他在攻略白堊之塔前，就已經得知魔神的存在了。但他是如何得知的？

從遺物紅水晶中發現委託書，到確認白堊之塔的存在為止，只經過一週左右。能在這麼短的時間內，得知在此之前從來沒聽說的魔神資訊，是不可能的事。

「再來只要把白銀帶來白堊之塔，你們就全滅定了！也就是說『賭局』是我贏了，怎麼

樣!?白銀大人們！」

「……魯費斯，回答我。這些情報你是從哪裡聽來的？」

「誰要乖乖告訴你啊，白——痴！這樣一來，不但礙眼的白銀全部消失，我還能得到神域技能。也就是我一個人全贏！讓人笑得停不下來啊！」

「……人類的靈魂……？喂、難道、你的同伴是被——」

勞意會過來似地變了臉色。看樣子，似乎被傑特猜中了。

「同伴？哦，如果你是指那些廢物的話，是我殺的沒錯，為了讓魔神復活。」

魯費斯乾脆地承認，高聲大笑。

「嘻哈哈哈！那時候可是非常精彩哦？我在封印魔神的房間殺了第一個人時，他們那吃驚的傻樣！魔神出現後嚇破膽的雉樣！我早一步溜走，用技能擋住他們逃生的路後，那場面真是太好看了。那就是所謂人類絕望時的表情嗎？」

「……居然……對同伴……做那種……事情……」

露露莉愕然地啞著嗓子出聲。被魯費斯殺死的那些冒險者，至少到被殺的瞬間為止，都是信任著他的。然而魯費斯卻為了自己的欲望與野心，輕易地拋棄了他們的生命。

「只要能殺了可恨的白銀，我什麼都能做哦？你們已經完了！死定了！全都要死在這裡了!!」

魯費斯發狂似地大笑，誇張地吐出舌頭，比手畫腳地挑釁。

「我要去慢慢找神域技能了。你們就可悲地繼續掙扎吧。真期待聽到你們響遍整層樓的慘叫——」

咚，一道沉悶的聲音，唐突地打斷了魯費斯的話。

「……啊？」

魯費斯不明所以地低下頭。不知何時，他的胸口生出了巨大的尖刺。自背後突刺的長槍連同護具穿透了他。

「什——！」

魯費斯驚駭地睜大眼，緩緩看向長槍的主人。悄無聲息地站在他身後的魔神席巴。

「為、什麼——！」

「為什麼？愚蠢的問題。你的柵欄就像紙糊的一樣脆弱喔。」

唰啦，被破壞的鐵柵欄在晚了幾秒後碎裂崩落。傑特等人也背脊發涼。因為剛才沒人感覺到席巴從自己身邊經過。

「這和、說好的……不一樣……！不是說不會殺……解開封印的人……！」

「真可憐。我不知道你是聽誰說的，不過所有進入我眼中的傢伙，全都會被我吃掉哦。」

「……！」

明白自己被騙了，魯費斯臉上出現絕望之色。

「你不該打斷我找樂子的——不過啊，我還是要感謝你哦。都是因為你這麼愚蠢又膚淺，我才能重獲自由呢！」

魯費斯總算想起似地開始吐血，劇烈地咳著，求助似地朝傑特等人伸手。可是，那明顯是無法以治癒光治療的致命傷。

「……啊……啊……！」

沾滿血顫抖不已的手失去力氣地垂下，他維持著被長槍穿胸的姿勢斷氣了。

「……咯咯，真難吃。咯咯……咯咯咯，哈哈哈哈哈！真是下賤卑鄙又骯髒的靈魂啊！」

席巴抽回長槍。再也不看倒地的魯費斯一眼，將視線轉向傑特等人。

「好了，你們的靈魂又是如何呢？」

他有如饑餓的猛獸見到獵物般，喜孜孜地發問，眼中閃著殘暴的光芒。

——怎麼辦。

傑特保護身後的露露莉與勞，集中精神觀察席巴的一舉一動，同時思考逃走的方法。身後的兩人都沒有亂動，非常優秀。他們和傑特一樣，明白輕舉妄動只會招來死亡。

能使用神域技能的魔神席巴的攻擊力，足以輕鬆地破解〈鐵壁守護者〉與〈鐵牢中的死囚〉。他絕不是能正面取勝的對手。

「怎麼。不打算像被掠食者逼得走投無路的小動物那樣，抵抗給我看看嗎？」

席巴不耐煩地歪頭。

「不然就換我先上了！」

他舉重若輕地握著巨大的銀槍，將其抵在腰間，朝三人衝來。

「隊長蹲下！龍蛇炎！」

傑特依言壓低了身軀。同時發動的黑魔法的業火從他頭上呼嘯而去，波浪狀地扭動著襲向席巴。

「咕哈哈哈！這是什麼兒戲！」

席巴一揮長槍，那風壓便將火焰吹散。雖然攻擊無效，但至少爭取了一點時間。

「……露露莉！」

傑特舉起盾牌。意會他的意思，露露莉立刻發動技能。

「發動技能〈不死的祝福者〉！」

魔杖發出的光芒包覆在傑特身上。此時，席巴的長槍穿透盾牌，深深地刺入了傑特的肩膀

——可是，被剜開的肩膀沒有噴出半滴血。

「哦……！」

席巴微微睜大眼睛，抽出了銀槍。理應受傷的傑特肩膀不但完全沒有流血，被貫穿的傷口

還開始逐漸復原。

「能賦與再生能力的技能嗎？真有趣。」

席巴舔了舔嘴唇，看向露露莉，口吐驚人之語：

「妳的技能，我要了。」

「啊……!?」

「呼喊吧。〈巨神的妒鏡〉。」

席巴心窩處的黑石迸濺出技能之光。他的前方隨即出現白色的魔法陣。一面邊緣鑲有銀色裝飾的巨大圓鏡顯現。

憑空而生的鏡子依照主人的意思，映照出露露莉的身影。

「！快逃——」

不祥的預感竄過胸口，傑特連忙伸手想拉開露露莉。可是晚了一步，喀！銀鏡發出光芒，吞沒了露露莉。

「露露莉!!」

傑特臉色大變，有如被人握住心臟般渾身發毛。然而，光消失後，露露莉仍好端端地站在原地。並沒有任何負傷。可是——

「魔杖……不見了……!?」

露露莉的武器，魔杖消失了。

「不需要這棒子呢。」

回過神時，露露莉的魔杖已經在席巴手上了。他打量了一會兒魔杖，有如折斷樹枝般單手將其折斷丟開。

「不過，能自我再生的法術還真有趣。我正好想要個恢復技能。」

席巴說著，往自己手臂的柔軟處張口一咬，撕下一塊肉。他看著鮮血狂噴的手，揚嘴笑了起來。

「呼喊吧。〈不死的祝福者〉。」

席巴的手頓時被白色的光芒包圍，被咬掉的肉長了回來，傷口也痊癒了。

那是露露莉所持有的技能。

「……發……發動技能！〈不死的祝福者〉！」

露露莉不想承認這件事似地，著急地詠唱起來。但是技能的光芒並沒有應聲而出。

「怎……怎麼會……」

安靜無聲的房間裡，只有露露莉沙啞的嗓音響起。

「技能……消失、了——」

能操縱治癒魔法的白魔導士，是以魔杖將魔力轉換為治癒之力的。沒有魔杖的話，等於失

去魔法。再加上〈不死的祝福者〉被奪走，露露莉已經失去補師的功能了。

「多重使用……神域技能……」

與戰鎚和銀槍一樣，從白色魔法陣出現的銀鏡。恐怕是能奪走目標的能力的神域技能吧。

雖然超域技能中，有不少能吸收對方的魔力或體力的技能，但是沒有能奪走對方技能的技能。

「……」

露露莉的〈不死的祝福者〉被奪走後，包圍傑特身體的白光也逐漸消失，他們被絕望的戰況逼至絕路。即使如此，傑特仍拚命地思考該如何撤退。

「……隊長。我有個想法。」

勞悄聲說道：

「那傢伙多重使用了那麼多技能。如果他的身體構造和我們一樣，應該會出現疲勞的徵兆才對。」

「……嗯……一般而言確實是這樣。」

勞說的沒錯。光是使用兩個超域技能，就會大量消耗體力。假如使用的是威力更強的神域技能，一般人就算累倒也不奇怪。

但傑特有種奇妙的預感。雖然魔神的外表與人類差不多，可是身上發出的氣息卻與人類完全不同。那是無法以人類標準推算的，壓倒性的東西。

「就算只有一瞬……只要能有破綻的話——」

傑特忽然住口，把說到一半的話吞了回去。因為他在魔神隨意披散的長髮之間，瞥見某種光芒。

刻在魔神額頭右側的印記。那是見慣了的，代表神的太陽狀魔法陣。

「神……神之印!?」

傑特錯愕地瞪大眼睛。不管怎麼看，那都是遺物特有的花紋。先人們刻在自己製作的物體上的，「完成品」的標誌。

聽到傑特的話，勞也跟著發現魔神身上的印記，驚駭地倒抽一口氣。

「所……所以說這傢伙……是先人製作的、遺物!?」

不是魔物、也不是人類的敵人。不，假如真的是遺物，那麼他根本不是生物。既然如此，基於多重使用技能的疲勞，也不一定適用——

「怎麼啦，你們的臉色很難看哦？」

席巴裝傻似地笑著，眼中閃爍著殘忍的光芒。那是思考該怎麼玩弄捕捉到的獵物的眼神。

「你們不過來，就換我過去囉——呼喊吧。〈巨神的裁劍〉。」

沒有絕望的閒時間了。

配合魔神的詠唱，空中出現三個魔法陣。那些魔法陣分別在傑特、露露莉與勞面前張開，銀劍憑空出現。那些銳利的劍尖靜靜地對準了各自的獵物。

「多——」

傑特毛骨悚然。

「多重鎖定技能——！」

焦急打亂了傑特的思考。

多重鎖定技能，是同時攻擊鎖定的所有對象、幾乎能全部命中的暴力技能。除非有絕佳的身體能力與動態視力，否則不可能成功閃避。

傑特咬緊牙根。神域技能的鎖定攻擊。被直接擊中的話，防禦力低的後衛與補師，也就是露露莉與勞必死無疑。

「……可惡……！」

不能讓他們兩人死在這裡。

「……露露莉、勞。這個攻擊由我來接下。你們趁機離開這裡。」

「啥、喂、隊長!?你打算幹嘛!?」

傑特並不回答勞的問題，只是怒視著席巴：

「和我一決勝負吧，魔神。」

「……勝負？一對一嗎？和我？哈哈，有趣的男人！」

席巴興味盎然地打量著傑特，聳肩說道：

「放心吧。我會最後再攻擊你的。先宰了後面那兩隻，就是一對一了。」

「我才不會讓你得逞──！發動技能，〈滿身鮮血的終結者〉！」

傑特毅然決然地叫喊，發動第三個技能。頃刻間紅光迸裂，原本分別對準三人的銀劍劍尖，全都被強制轉向傑特。

「傑……傑特!?」

見到那技能的露露莉，近乎哀號地尖叫：

「我們說好了的！那只能和我的〈不死的祝福者〉一起使用！」

傑特的第三個技能──〈滿身鮮血的終結者〉，是能強制把針對周圍同伴的攻擊全部引到自己身上、近乎自殺的技能，但若與露露莉的〈不死的祝福者〉配合，則是非常好用的技能。

在露露莉失去一切回復手段的現在，就真的是字面上的自殺行為了。

「難道、你想死嗎……!?」

傑特並不回答。還與兩人拉開距離，以免將他們捲入。至今作為同伴的護盾，必須隨時站在他們前方，可是現在不需要那麼做了。因為所有的攻擊都集中在他身上了。

「哦。」席巴佩服地嘆了一聲。

「雖然是很弱小的技能，但單體擁有好幾種嗎？就人類來講還挺行的嘛──那麼就試著接

下我的制裁吧！」

一把劍自背後刺穿了傑特的腹部。

「呃啊……！」

席捲全身的痛苦與衝擊，使傑特忍不住弓起身體。雖然想把劍抽出來，但手使不出力氣。攻擊完畢的劍倏地消失，鮮紅的液體從無法止血的傷口汩汩流出。

「傑特!!」

露露莉的哀號似乎從極遠之處傳來，彷彿在叫別人似的。然而傑特還是拚上一口氣，勉強地站在原地。席巴見狀，表情亮了起來。

「好！你是第一個被我制裁後還能站著的人！」

「哈……！是啊，你繼續攻擊試試……！」

傑特揚起流血的嘴角，朝席巴露出無畏的笑容。

「讓你看看每天被亞莉納小姐鍛鍊的我有多耐打……！」

傑特說著，朝勞瞥了一眼。那是要他們快走的意思。假如這好戰的魔神對自己失去興趣，他就沒辦法保護他們了。

「……！……」

勞理解了傑特的眼神。縱使如此，他也無法下定決心。此時，第二把劍已經瞄準傑特了。

露露莉沒辦法做出見死不救的決定。只能靠勞了。

「勞！」

傑特大聲地叫道，勞毫無血色的臉，露出下定決心，或者該說既難受又嚴峻的表情。

「哈哈哈……這就叫骨氣嗎？人類還真有趣啊。」

席巴打從心底愉快地笑著，舉起了右手。第二把劍聽從主人的命令，破空刺中傑特的右腿。彷彿要逼他下跪似地，使傑特的雙膝著地。

「嗚……！」

「傑──」

露露莉無法忍受地想跑到傑特身邊，卻被勞一把抱起。

「勞!?你在做什麼！」

「就是現在。要逃了……！」

勞臉色鐵青地喊道。

「你要丟下傑特逃走!?不要、不行、傑特──！」

勞抱緊不停掙扎的露露莉，朝門口跑去。席巴看了兩人一眼，但還是對眼前的獵物比較感興趣似地，回頭看向傑特。

「……」

聽著露露莉的聲音愈來愈遠，傑特掙扎著起身，拖著已經不管用的右腿，緩緩地走到兩人奔出的門口。雖然最後一把劍也亦步亦趨地跟著他，但是無所謂。

「哈，結果同伴還是丟下你逃了。沒辦法，人類就是這種生物。」

「是啊……」

從腹部與大腿流出的血，遲早會達到致死量吧。傑特努力集中著只要稍微渙散、就會失去的意識，強忍從全身傳來的劇痛，把手放在半開的門上。

「發動……技能……〈鐵壁守護者〉……！」

被紅光包圍的門逐漸硬化，把席巴和自己單獨關在房間裡。

「哦……？故意封住退路啊。這骨氣真讓人佩服。」

儘管對擁有神域技能的魔神來說，超域技能的封印力不堪一擊，但是至少要爭取到能讓勞和露露莉逃出白堊之塔、抵達傳送裝置的時間。再說這樣一來，萬一那兩人改變心意，想回來救傑特，也無法進入這房間。

「……」

——自己該做的事只有一件。

傑特做好覺悟，轉過身背對門扉，面對魔神。

就是在這被封閉的房間裡，持續吸引讓魔神的興趣，爭取讓兩人逃走的時間。

將自己作為肉盾保護同伴——這就是身為盾兵的使命。

「哈哈哈！好。這生命力真不錯。」

看著仍然沒有失去光芒的傑特的眼睛，席巴春風滿面地大笑。

「很有吃掉的價值。」

他以陶醉的表情揚起嘴角，僅存的劍消失了。取而代之的，是傑特身周的大量魔法陣，比剛才多上好幾倍的銀劍包圍著他。

「……！」

「來，讓我看看你能挨多少劍才倒下。」

濃厚的死亡氣息攀附在傑特身上。傑特無視忠告著快逃的本能，凝視著那些駭人的劍。

值得慶幸的是，席巴目前只對傑特感興趣。只要傑特還活著，他就不會去攻擊勞或露露莉。

「……」

——我會死在這裡吧。

傑特事不關己地茫然想著，忽然，亞莉納的臉毫無預兆地閃過腦中。

即使是這種時候，回憶起的依然是亞莉納皺著眉頭、一臉不高興的臉。傑特意外地不討厭她那樣的表情。可是說出來的話，八成又會被戰鎚毆打吧。

到頭來，自己只是稍微干涉了那女孩的人生而已。

對亞莉納來說，自己應該很煩人吧。就像她說的，那是她的力量，要怎麼使用是她的事。

儘管後來明白了這個道理，可是，自從在迷宮最深處見到她的那一刻起，自己就無法不被她吸引。與神域技能無關。就算只被她當成煩死人的冒險者，傑特還是想與亞莉納有所關聯。就像想鬧喜歡的女生的小孩子一樣。

——我喜歡亞莉納。

乍看之下成熟懂事，其實比誰都幼稚的部分。

對自己的欲望非常誠實的部分。

以武力解決大多數麻煩事的部分。

她上班時眼神死的模樣。她對冒險者展現的假笑。她生氣時可怕的表情。她打從心底厭惡地瞪著自己的眼神。她在準時下班時露出的清爽表情。

所以——

——所以，真想再多看看她啊……

腦中浮起無法達成的心願，傑特咬牙，閉上眼睛。再次睜開時，他的雙眸不再有天真的願望，只散發著達成必死覺悟的銳利光芒。

「你的攻擊——！」

堅持到死亡那刻，不論什麼樣的攻擊都會全盤接受。就算會死，也要以屍體作為肉盾保護同伴。這就是盾兵。

「——和亞莉納小姐的戰鎚比起來，根本不痛不癢……！」

33

突然被從白銀剔除的亞莉納，回到一如既往的櫃檯小姐工作中。

所謂的一如既往，也確實地包含了加班到深夜的部分在內。

「唉……好想回家……」

深夜的伊富爾服務處，亞莉納一如往常地嘟噥著。但是今天，她的抱怨並沒有一如既往地消散在空氣中，而是得到了回應。

「就是啊……為什麼連我都得加班呢？」

不滿地附和的，是亞莉納的晚輩，新人櫃檯小姐萊菈。

像貓一樣圓滾滾的可愛眼睛，如今只剩一半大，她將下巴擱在桌上，絮絮叨叨地抱怨著。

亞莉納凌厲地怒視後輩一眼，喝道：

「還不是！為了幫妳！善後！！！妳不留下來的話誰該留下來啊!!」

「嗚……前輩說的是……」

「只要今天能處理完，明天就能準時下班了，不要只會動嘴，手也要動。」

亞莉納喝了一口加班良伴魔法藥水，瞧著桌上堆積如山的文件。

白堊之塔的發現，為冒險者們帶來了衝擊。畢竟發現了曾經只存在於傳說中的祕密任務。想當然耳會有大量的冒險者殺來接任務，但由於魯費斯的隊伍幾乎全滅，白堊之塔被限制為只有《白銀之劍》能攻略。

再加上聽說一流團隊幾乎全滅的消息，冒險者們事到如今地想起自己從事的是高風險工作，使整體的任務承接人數因此驟降。

所以照理來說，現在應該不需要加班才對。可是亞莉納不在的期間——其實也只有一天而已——萊菈犯了大量失誤，到頭來，亞莉納只好留下來幫她收拾善後。

「不過這次看得到終點，所以還算好吧……」

亞莉納自語著，繼續處理文書工作。

這次，冒險者們只能等待頭目被打倒，與平常沒完沒了地來接任務不同。就算《白銀之劍》攻略不下白堊之塔，也不會影響亞莉納的業務。

（這麼說來，他們好像已經抵達四樓了？）

根據喜歡聊八卦的萊菈的消息，白銀們似乎已經突破三樓了。雖然消息來源不明、可信度

很低，但亞莉納還是鬆了一口氣。

（是說我在安心什麼啊？）

「是說前輩，真是太可惜了……」

「什麼可惜？」

「就是處刑人大人啊——！聽說公會要放棄尋找處刑人大人了——！」

萊菈哇哇大哭，趴在滿是文件的桌上。

「……」

輸給亞莉納的葛倫遵守約定，中止了處刑人的搜索行動。甚至發表了「公會永遠不會再尋找處刑人」的公告。

沒錯，也就是說，亞莉納再也不必擔心副業被世人發現，也不會因此被開除。處刑人的話題應該很快就會沉澱下來，被眾人遺忘。之後亞莉納就能永遠安安穩穩地當個櫃檯小姐了。

接下來，只要想辦法消除偶發的加班，亞莉納就能過著「從事名為櫃檯小姐的鐵飯碗，每天準時下班」的理想生活了。

長期空著的白銀前衛職缺已由魯費斯補上，既然能進到四樓，表示團隊合作意外地順利。而且亞莉納的家也快修好了。到時候亞莉納就能離開白銀的宿舍，回到原本的櫃檯小姐人生。

一切全都圓滿解決。

——明明應該是這樣才對，為什麼沒有塵埃落定的爽快感呢？

「而且是改讓魯費斯當前衛戰士唷!?我無法接受。」

「為什麼啦？」

「因為他長得不好看啊——!!!」

「欸……」

「我還是想讓處刑人大人當前衛！他最適合了！為什麼公會要放棄啊啊啊啊啊——是說前輩，妳抽屜裡放了什麼啊？」

「？有很多東西啊。」

「有東西在發亮耶……」

「咦？」

亞莉納不明就裡地低頭看向自己桌子，吃了一驚。確實如萊菈所說，難以掩蓋的強烈光芒自抽屜的縫隙中傾瀉而出。

「加班加過頭終於眼花了嗎……」

「別說傻話了，前輩，快點打開抽屜啦。」

亞莉納戰戰兢兢地打開抽屜。萊菈也怕怕地躲在她身後探頭偷看。只見光源在抽屜中滾動著……那是——

「哇，好美的結晶——」

「呃！！！」

亞莉納迅速抓起那結晶，藏在手裡。

正在熠熠生輝的，是攻略白堊之塔時，傑特給她的「引導結晶片」。別說櫃檯小姐了，那是連一般冒險者都不可能持有的道具，而且上面還好好地刻著白銀的徽章。

（好————險！應該沒被看見吧……!?）

亞莉納心臟狂跳，萊菈則是不滿地噘起嘴。

「前輩！不要藏起來，讓我看看啦——！」

「這、這又沒什麼，只是會發光的石頭而已啦。」

「普通的石頭哪會發光啦！」

亞莉納硬是推開萊菈，把結晶片塞進口袋，無視從口袋發出的光輝。由於亞莉納的態度太堅定，萊菈似乎也放棄了，不情不願地回自己位子上。

（對了，我忘了把這個還回去呢……回宿舍後再把這東西扔到那傢伙的房間裡吧。）

亞莉納再次抖擻起精神，正想為了繼續工作，喝掉最後的魔法藥水時，忽然，她的腦中閃過一段話。

——持有碎片的人瀕死時，其他的碎片會引導持有者過來——

她想起了引導結晶片的用途。

「……！」

亞莉納瞪大眼睛，僵住了。

下意識忘了呼吸。

心臟劇烈地跳動著。

她慢慢地隔著衣物觸摸結晶片。那因發光的熱能而散發著微溫的物品，依舊亮著。

砰！巨大的聲響迴蕩在辦公室，回過神來，亞莉納已經撞翻椅子起身了。萊菈嚇了一跳，看著突然站起來無言地發呆的亞莉納，表情困惑地打量著對方。

「前、前輩？妳怎麼了？」

沒有餘力理會後輩的問題。心跳聲太過劇烈，亞莉納耳中與腦中嗡嗡作響。結晶片的光芒愈來愈強，表示此時此刻，傑特或是白銀的誰，正在迷宮中面臨瀕死狀態。意會到這件事的亞莉納，除了凝視著眼前的文件堆，什麼也做不到。

她想起告訴自己許勞德的死訊的冒險者，那句無情又冷淡的話。

——許勞德已經……再也回不來了……

「！」

下一瞬間，亞莉納已經飛也似地奔出了辦公室。

「亞莉納前輩!?等、前輩——!?!?」

萊菈的叫喚聲愈來愈遠。為什麼要衝出來呢？亞莉納自己也不知道。

34

握緊發著光的引導結晶片，亞莉納在深夜黑暗的伊富爾奔馳。

是什麼驅使自己前進？亞莉納也不明白，總之她無法停下步伐。

明明該立刻轉身，為了能在明天準時下班，回辦公室處理文件才對。明明那才是最重要的事。但亞莉納還是無法停下就算磕磕絆絆、還是在拚命往前的自己。

只有目的地是明確的。就是位於公會總部的傳送裝置。亞莉納發動技能，強化腿力，行疾如飛地朝公會總部全速前進。穿過城中大街小巷，躍過緊閉的公會總部高大的鐵門，切過寂靜的中庭。

夜晚的黑暗中，朦朧可見傳送裝置的微光。亞莉納拿出口袋中隱藏的冒險者執照，正想感應時——

「慢著！」

一道銳利的聲音使亞莉納停下腳步。

亞莉納總算回過神，氣喘吁吁地轉頭，看向朝自己走近的男人們。

「是誰！現在禁止使用傳送裝置——」

金屬碰撞聲響起，一群穿戴著刻有公會徽章的制式鎧甲與長劍的男人，包圍住亞莉納。應該是總部的衛兵吧。

「——咦，什麼，櫃檯小姐？」

衛兵們認出亞莉納身上的制服，傻眼地放下長劍。

「妳來這裡做什麼？這裡的傳送裝置是前往迷宮專用的，只有冒險者能使用哦。想去其他城鎮的話，去用伊富爾的傳送裝置吧。」

「等……！」

衛兵抓住亞莉納的手腕，想把她拉開。亞莉納慌張起來，忍不住想發動技能甩開他們，又想起自己還穿著櫃檯小姐的制服，連忙住手。

糟了，亞莉納暗叫不妙。

剛才想也不想地衝出辦公室，身上當然沒有攜帶任何能變裝的東西。至少如果有處刑人那件能遮住臉的斗篷——

「……！」

該怎麼辦。該怎麼辦。

在胸中翻攪的焦躁感，使亞莉納的思考雜亂無章。

不快點去的話。瀕死了。不快點去的話，就真的會死了。

縱使如此，心中仍有個冷靜的自己正在對這愚蠢的行為大聲叱責。

強行使用這個傳送裝置的話，就會被衛兵知道自己擁有執照……就會暴露自己是冒險者。如果拿出戰鎚掃開衛兵，連處刑人的身分都會曝光。好不容易才隱藏至今，好不容意才得到作為櫃檯小姐的安定立場，此刻都會就地瓦解。至今為止的努力，在一瞬間會全部化為烏有。

許勞德的死掠過腦中。同時，冷酷的話語也一閃而過。

——冒險者本來就會死。

為了不穩定的報酬前往危險的迷宮，不意外地被魔物襲擊，因此死亡。他們本來就是故意選擇過著那種充滿風險的生活的人。

我不一樣。我就是為了避開那種風險，才成為櫃檯小姐的。就算必須加班，就算很難受，還是一路撐過來了。因為我不想過冒險者那種不穩定的生活。

這樣的我，為什麼要為了冒險者放棄人生、放棄名為「櫃檯小姐」這得來不易的穩定生活呢？

「……」

——這就是《白銀之劍》。

傑特理所當然地說的話，迴蕩在耳中。為了取得成果而前往迷宮，就算明知有危險也一樣。這就是白銀，這就是冒險者的工作，那傢伙是這麼說的。

那算啥？真是太蠢了。人只要一死，就什麼都沒了。就連盡可能地避開危險的許勞德也死了。主動選擇高風險工作的傢伙，當然不可能永遠平安無事。

果然瀕死了，活該。真的是笨蛋。

沒有必要去救那種笨蛋。

不要管他——

「——發動。」

回過神時，亞莉納已經悄然詠唱了起來。

「咦？」

「發動、技能……！〈巨神的破鎚〉！」

亞莉納握緊結晶片，說出絕對不能說的句子。

白色的魔法陣無聲地在腳下展開。劃破黑夜的白光中形成巨大的戰鎚，亞莉納伸手，握緊手柄。

啊啊，回不去了。我也真是笨蛋。蠢斃了。

「什麼……!?」

「技能!?」

衛兵們驚訝地後退，舉劍大喝：

「妳不是櫃檯小姐嗎!?不對，說起來那是什麼技能——」

「慢、慢、慢著！等一下!!」

倍感動搖的衛兵之中，有一人似乎察覺到了什麼，用力大叫道：

「……那……那那、那個、巨大的、戰鎚是……——」

經他一說，其他衛兵也跟著注意到，他們紛紛倒抽一口氣。

「……難道妳是——……………………………………處、刑……人？」

衛兵男子呆滯地指著亞莉納，露出困惑的表情。

那也是當然的。畢竟眼前拿著戰鎚的，既不是神祕的美男子，也不是強健的女戰士。

只是一名櫃檯小姐。

「——給我閃開。」

亞莉納不遮不掩，毅然決然地抬頭，舉著戰鎚沉聲說道。

『——許勞德已經……再也回不來了——』

成為亞莉納心中疙瘩的一句話。讓她明白什麼是以身犯險。讓還在作夢的年幼亞莉納，徹底認清嚴酷現實的一句話。

所以，亞莉納才會認為。

成為很厲害的冒險者，在迷宮裡大冒險——那種事就算了。

不想住豪宅，沒興趣成為有錢人或與有錢人結婚，也不想擁有波瀾萬丈的人生。她只想過普普通通的小日子，有適度的個人時間，每天靜享心靈的安樂。

——與其要看什麼人死掉的話。

「那種事……我已經受夠了……！」

已經夠了。再也不想要碰上那種事了。

瀕死？再也回不來？開什麼玩笑。我才不允許那種事情發生。如果有那種蠢貨，我就進迷宮把他拖出來，就算用盡力氣，也要把他帶回來。

就算要冒最大的風險——

「不閃開的話，我就打飛你們……！」

35

「勞，你夠了！放我下來，勞！」

懷中的露露莉用力掙扎，勞總算停下腳步。不，應該說精疲力盡了才對。勞喘著粗氣，癱

軟無力。在黑暗的迷宮中，抱著一個人全力從四樓跑到二樓。對於身體能力本來就沒有特別好的黑魔導士勞而言，已經是極限了。

勞擦拭著滿頭大汗，氣喘吁吁地靠牆坐倒，露露莉罵道：

「勞，你知道自己在做什麼嗎……!?」

「……」

勞低頭不語。露露莉繼續責怪他：

「為什麼拋下傑特!?為什麼只有我們……再這樣下去，傑特會死的！不回去的話，傑特會——」

「就算回去了，我們又能做什麼!!」

勞突然大吼，讓露露莉把話吞了回去。

「回去!?絕對不行！妳想白白辜負隊長的覺悟嗎！」

「……!」

「這是隊長賭命幫我們開的生路哦……!我們一定要生還才行……!」

「……」

露露莉咬著嘴唇，什麼都說不出來。

其實她自己也很清楚。面對那個魔神，他們只會礙手礙腳。想避免隊伍全滅的唯一手段，

只有犧牲其中一個人，讓其他人逃走而已。

「就算現在回去，隊長肯定已經用〈鐵壁守護者〉封住門了……！我們有辦法破壞那扇門嗎？事情變成這樣，我們已經沒有、其他能做的事了……！」

說到最後，勞的聲音也苦澀地沙啞了起來。看著他血色全無的蒼白面孔，露露莉明白了。其實勞也不想這麼做。他也很想找到三個人一起生還的辦法。可是現實不允許。

「……」

露露莉失去力氣，跌坐在地上。勞痛苦的表情變得模糊。回過神時，淚水已經落下來了。

「……傑特……會死嗎……？」

「……」

露露莉啞著嗓子發問，勞只能別開視線。露露莉以顫抖的手揪住勞的長袍，求他否定似地，帶著哭音發問：

「……他會死嗎……？」

沉默，是勞的回答。無須發問。面對那麼強大的魔神，光靠傑特一個人不可能與之為敵。而且他已經是瀕死——

露露莉咬著嘴唇，回想起最後見到的傑特的身影。那麼嚴重的傷，假如是普通的冒險者，說不定早就死了。可是自己卻什麼都做不到。

太無力了。

明明是補師，在最重要的時刻卻什麼也做不到。

自己實在是太無力了。

露露莉垂下頭，淚水大顆大顆地滴落在撐在冰冷地面的手背上。

傑特盡了他身為盾兵的職責。為了保護同伴賭上性命，與未知的敵人戰鬥到最後一刻。直到最後，傑特都是統率白銀的優秀隊長。

——可是。在身為白銀的隊長，在身為優秀的盾兵之前……對露露莉與勞來說，傑特是他們不希望死亡的重要的朋友。

「誰來……誰來……救救傑特……！」

露露莉擠出聲音低聲祈求著。不管是死神或誰都好。只要能救他就好。只要能實現他們辦不到的事，就算是惡魔也好。

拜託了，誰來救救我們重要的朋友吧。

「……雖然我們什麼都做不到……——可是。」

勞小聲地低語道。

「有個人，說不定能做得到。」

露露莉訝異地抬頭，眼前柔和的光芒照亮了她的臉。

勞掏出掛在脖子上的鍊墜。在昏暗的迷宮中發出淡綠色光芒的，是只有《白銀之劍》的成員才能持有的特殊道具——引導結晶片。

「！」

勞想表達的意思，露露莉也注意到了。

「隊長受了那麼重的傷，結晶片一定會發光……如果『她』能發現的話——」

——咕嗚嗚……

就在此時，一道魔物的低沉吼聲切斷了勞的一絲希望。

「！」

兩人緊張地轉身，一隻大型魔物自幽暗中現身。那魔物有四條腿，身體結實壯碩，頭上有兩支巨大的角——是貝西摩斯。饑餓的貝西摩斯已經捕捉到兩人的存在，正低著頭，以發著精光的眼神盯著獵物。

「呿——！」

勞閃身擋在露露莉前方並舉起魔杖，同時，貝西摩斯露出利齒朝他們撲來。

好快……！露露莉倒抽一口氣，想像著最壞的情況。由於情況突然，敵人搶得先機，比自己快了一步。再加上發動魔法時會有幾秒的空白。假如貝西摩斯的攻擊速度快過詠唱——

「龍蛇——！」

咚！

傳入耳中的，並不是貝西摩斯咬碎勞的聲音，也不是黑魔法的業火燃燒大氣的聲音。

比勞與貝西摩斯速度更快的「什麼」突然飛來。紮實地擊中了貝西摩斯的側腹，把牠結實壯碩的身體整個打飛到黑暗之中。

嘎咿！貝西摩斯短暫地慘叫一聲，身體在幽暗的光線中痙攣幾下後，分解消逝而去。

「……！」

一擊撲殺魔物的「什麼」裙襬飄揚，在驚訝到忘了呼吸的兩人面前落地。那是一名穿著櫃檯小姐可愛制服的少女。

她手中掄著嚇人的巨大戰鎚，銀色的鎚頭有一半被魔物的鮮血染紅。本來可愛的制服與端正的臉上，也同樣血跡斑斑，看起來就像從哪裡出現的殺人魔似的。

可是看在露露莉與勞的眼中，那駭人的身影卻有如救世主般。

「「亞莉納小姐……！！」」

亞莉納瞥了一眼自己胸口的引導結晶片，確認光芒不是指著兩人後，鬆了一口氣。

「太好了。你們沒事呢。」

雖然她那麼說，可是表情仍然很嚴峻。因為引導結晶片的淡綠色光芒延伸到樓層的深處。

「這麼說來，這光果然是那傢伙——」

「亞莉納小姐，請妳救救傑特！」

露露莉想都沒想地揪住亞莉納的衣服。

「傑特他、傑特他會死的……！」

露露莉淚流滿面地懇求的模樣，使亞莉納明白事態的嚴重性。她的表情愈發嚴峻。

「……隊長正在四樓最深處和人型魔物……不對，和『魔神席巴』戰鬥。就是光芒指引的方向。」

勞代替露露莉，冷靜地傳達現狀。

「……『魔神』？不是魔物？」

「……那傢伙……可能是遺物。」

「遺物？」

「魔神的身體和遺物一樣，都有神之印……至少可以確定是先人製造出來的。那傢伙靠著吃人類的靈魂來活動……而且可以使用複數的神域技能。」

「……」

「傳說中，挑戰祕密任務可以得到的特別的遺物……恐怕就是指魔神。隊長現在八成是以〈鐵壁守護者〉把自己和那傢伙關在房間裡。他想幫我們爭取逃走的時間……──應該，是想犧牲自己。」

「……哦。」

知道這些情報已經夠了。亞莉納轉向光芒指引的方向。

「知道了。接下來交給我吧。」

36

亞莉納循著引導結晶片的光芒，在四樓奔馳。

只延伸著一條筆直長廊的四樓，沒有走岔路的可能。在長廊盡頭的鐵門終於映入眼簾的瞬間，亞莉納毫不猶豫地舉起戰鎚。

「喝!!」

戰鎚一擊揮落，鐵製的門板便被打飛了出去。亞莉納順勢閃入房間，倏地停步。

房間昏暗無光，而且安靜到詭異。傑特不是正在拖住魔神的腳步嗎？為什麼沒有戰鬥的聲音呢？亞莉納凝視著深不見底的黑暗，不安的情緒在胸口翻滾。

唯一的光源——掛在胸前的引導結晶片的光，指向黑暗深處。亞莉納警戒著魔神，慎重地朝著看不到另一頭的黑暗前進。

「——傑特？」

亞莉納戰戰兢兢地朝著寂靜發問。可是沒有人回應。在充斥著沉默的詭譎氣氛中，她循著光芒的引導前進——忽然，亞莉納腳步一滯。

結晶片的光芒，終於將她帶到了目標處。淡綠色的光朦朧地映照出一名男人的輪廓。他雙腿直伸地靠坐在牆上。結晶片發出的光芒，沒入他胸前的結晶片中。

那男人無聲無息的模樣，看起來慘不忍睹。

也許是受到了猛烈的攻勢，他身上的護具嚴重破損，一部分已經崩解，失去了原本的機能。向他襲來的攻擊似是直接穿透了護具，他的身體同樣傷痕累累，被血染成黑褐色，周圍地面流淌著大片的深紅血泊。滾落在腳邊的，是勉強看得出原形、此時卻充滿裂痕的遺物武器大盾。男人的頭部無力地下垂，只看得見充滿血汙的銀髮。

那是判若兩人的傑特。

「……！」

有如大腦遭受直擊的衝擊，貫穿亞莉納全身。

她雙眼圓睜，表情僵硬地呆立原地。無法呼吸，也說不出話，除了凝視眼前的身影之外，什麼都做不到。怦通、怦通，心臟劇烈地跳動著。在安靜到詭異的空間裡，激烈的心跳聲顯得異常鮮明。雙腿開始微微顫抖。

「……傑……特……？」

亞莉納勉強擠出聲音，小心地呼喚了男人的名字，但男人仍然垂著頭，一動也不動。

「騙、人、的吧……回答、我啊、喂！」

即使大吼，他仍如死人般一動也不動。

平常的話，就算不叫他，他也會自己糾纏過來的。

會死纏著自己，纏到令人厭煩的程度。

「——……！」

沒趕上。

亞莉納把嘴唇咬到近乎出血，看著擺在眼前的事實，握緊戰鎚。

我沒趕上——

絕望重重地壓在身上，使她垂下視線。腦中霎時閃過許勞德的死被宣告時的記憶。亞莉納凝視著黑暗中隱約可見的自己腳尖，努力按捺下湧上心頭的什麼，同時，腦中又有某個角落如局外人般冷靜地接受這個事實。他是冒險者。這是理所當然的結果。他只是在此時此刻，迎接遲早來臨的命運而已。

——殺氣。

亞莉納一驚回神，朝旁邊跳開。下一瞬，猛烈的一擊落在她原本站立之處，傑特的腳邊。

「哦？居然躲過了我的攻擊。又來了個有趣的傢伙呢。今天真是好日子。」

一道愉悅的聲音響起，一名人類男子拔起刺在地面的銀色長槍。不對，那男人赤裸的上半身上濺滿了他人的鮮血，有著一頭金色長髮，雖然乍看之下的確是人類，但是他胸窩鑲著顆黑色石頭，明顯不是人類應有的樣子。

儘管沒有證據，但亞莉納可以肯定。

「魔神……！」

魔神席巴。恐怕就是勞剛才說的，「遺物」。

男人承認似地盈盈笑著，以右手製造光球，照亮房間。他的右前額上，確實有著遺物上一定會刻著的太陽魔法陣——神之印。

「妳是來救那個男人的嗎？真遺憾，那傢伙已經死了。」

席巴看了沉默的傑特一眼，乾脆地宣布。

「我正想吃了他的靈魂呢。不過，這男人帶給我不少樂子哦。還以為人類全很脆弱呢，他倒是比我想像中的還頑強呢。」

席巴說著，笑了起來。那嘲弄的口氣，彷彿在說傑特是被玩壞丟掉的玩具似的。

「……！」

喀，亞莉納咬緊牙根。

她不明白湧上心頭的感情該稱為什麼。那激烈的感情只是無可自制地在胸中翻騰。

這種傢伙。

被這種傢伙——！

「算了，『飯』可以晚點吃……但可不能讓眼前的獵物逃走呢！」

席巴喜孜孜地掄起銀槍，逼近亞莉納。好快。雖然眨眼間便被欺近身前，亞莉納的戰鎚仍勉強擋下攻擊。錚！雙方武器劇烈碰撞在一起，震撼了空氣。亞莉納腳下被迫向後退了幾步。

「哦!?居然能接下我的攻擊？」

「……你就是，魔神——」

亞莉納一面以戰鎚抵著銀槍，沉聲唸道。

嘴上說著沒問題，離開她房間的傑特的臉閃過腦中。

哪裡沒問題了？

不是說了「下次一起去攻略哪個迷宮」嗎？

每個傢伙都一樣，冒險者從來都不遵守約定。

「……我要殺了……你這傢伙……！」

亞莉納以蠻勁用力一揮，甩開銀槍。

「哦!?」

席巴被那怪力甩得雙腳懸空。亞莉納的戰鎚朝他毫無防備的腹部擊下。

「我要殺了你!!!!」

席巴毫無防備的身體摔落地上，亞莉納向前跨步，揮下戰鎚。像是被憤怒支配似地，單方面狂毆著席巴。房間晃動，塵埃飛舞，石頭地板碎裂四散。

「——哈哈，真有趣，太有趣了。」

可是，一連串的攻擊結束後，席巴若無其事地起了身。即使受到那麼猛烈的攻擊，他也只有從嘴角留下一道鮮血，他甚至是愉悅地抹去那血痕。

一眨眼，銀槍消失，席巴右手向前伸出，平靜地誦道：

「呼喊吧。〈巨神的裁劍〉。」

埋在胸前的的黑石彷彿在回應詠唱般，發出了技能之光。半空中出現數個魔法陣，從其中出現的長劍將亞莉納團團包圍。

「……!」

亞莉納還來不及動搖，四面八方的長劍已經一齊向她襲來。亞莉納幾乎是靠反射朝地面一踢，躍到半空中躲開。眼見那些劍深深刺入堅硬的石地板，她轉身重整態勢——

「別以為逃得掉。」

陡然察覺，尚有其他的劍出現在自己的身後。

「咕!」

亞莉納以戰鎚彈開那些劍。雖然突刺力不如剛才的銀槍猛烈，可是——

「——！」

在著地的同時，因揮舞動作而出現了一瞬的破綻。彷彿早就計算好了似的，眼前又出現了一把長劍。

——躲不開。

亞莉納的表情僵住。

五感敏銳地察覺死亡的氣息，通往終結的秒針開始起步，一瞬似乎被拉長成數十秒。在一切靜止的視野中，駭人的銀刃慢慢地朝自己的心臟飛來——

「——發動技能〈鐵壁守護者〉！」

聲音從某處傳來，同時，傷痕累累的大盾擋在亞莉納前方。

「！」

那看起來隨時會碎裂的盾牌，發出了赤紅色的強光。幾乎同時，錚！瞄準亞莉納的劍被彈開，盾牌終於粉碎了。

就是現在。

亞莉納直覺地向上躍起。藉著大盾的碎片作為掩護，以最快的速度欺至席巴面前。

「!?」

「去死吧啊啊啊啊————————！！！」

席巴來不及跟上亞莉納突襲的速度。只見到她突然出現在眼前，「咚！」亞莉納使出渾身之力，朝那張因驚愕而僵硬的臉敲擊下去。

「呃啊！」

席巴被打得飛起，身體旋轉著，重重地撞上房間四根莊嚴的柱子其中之一。整個房間劇烈震動起來，柱子因衝擊倒塌。席巴的身影就這樣埋進瓦礫堆之中。

「……」

房間再次安靜下來，亞莉納緩緩放下戰鎚，轉過身子。她的視線所在，是正痛苦地吐著血、身體搖搖晃晃、但仍然勉強想要站著的傑特。

「……傑特——」

結果他還是坐倒在地上，痛苦地咳嗽。

亞莉納慢慢地朝著渾身是血、就算說是死人也不奇怪的傑特走近。她跪在仍然在擴散的血泊中，小心翼翼地將手撫上傑特的臉頰。

是溫熱的。

儘管臉色慘白，但沒有屍體特有的冰冷僵硬。

「你……還活著……？」

「——我睡著了。」

「啥……啥!?」

亞莉納忍不住拔高聲音，直到這時，傑特總算抬起頭。雖然半張臉被血染紅，所有外露的肌膚都失去血色，但只有那銀灰色的瞳孔，仍然一如既往地閃爍著毫無來由的自信。他衝著亞莉納揚起笑臉。

「因為我聽到了。亞莉娜小姐揮動戰鎚時可怕的聲音。」

他說著，瞥了一眼染血的戰鎚。那是亞莉納從一樓到四樓，把所有擋在前方的魔物全數殲滅的證據。

「既然聽到妳的聲音……當然就不能死在這裡了。因為我還想和妳一起去攻略迷宮啊。所以直到妳來為止，我無論如何都要撐下去，只好裝死睡覺，好恢復體力。」

「……」

亞莉納合不攏嘴。

驚訝到什麼話都說不出來。

在再挨一記攻擊就可能死亡的絕境中，因為相信救援趕得上就睡了，這男人的神經究竟有多粗啊？

「妳看，我不是說過嗎？我很耐打，不會輕易死掉的。」

如此說著，傑特爽快地笑起來，然而下個瞬間，他瞪大了眼睛。

「亞、亞、亞、亞莉納小姐……!?」

因為回過神來，豆大的淚珠正不斷地從亞莉納的眼眶中滾落。

「妳、妳、妳妳、妳怎麼哭——」

「吵死了去死！」

「呃啊！」

亞莉納一拳打在傑特的心窩上，別過了臉。

「啊啊啊啊！」

會心的一擊使傑特倒在地上痙攣不已，這也是當然的報應。誰教他要裝死。

「……」

不知是因為不甘心還是難為情，亞莉納緊抿嘴唇，別過臉，一面吸著鼻子，一面以手背胡亂擦去淚水。一放心下來，眼淚立刻潰堤，不受控制地不停流下。

很久沒哭了。成為櫃檯小姐的第一年，明明自己沒有犯錯卻被怒吼痛罵，自從那次因為社會的不講理，一個人躲在廁所偷哭後，她就再也沒哭過了。

「對、對不起，亞莉納小姐，害妳擔心了……」

「吵死了。不要看我。是說都受了那種傷你怎麼還活著？你的生命力是怎麼搞的？你這個

蟑螂混帳白銀……！」

「蟑……」

「啊——早知道就不要來了。明明工作還沒做完。這樣明天又要加——」

亞莉納抱怨到一半，話語就被截斷。

她的手腕一被握住，下一秒便被傑特無言地抱入懷中。

「等……!?」

亞莉納反射性地想推開他，可是傑特的力道大得不像受重傷的人。

「喂！」

就算抗議，傑特仍然只是默默地抱著亞莉納，不打算讓她離開。彷彿想用全身確認亞莉納的存在似地，甚至讓人有些難受地抱得死緊。在他懷中的亞莉納忽然發現。這個至今為止都神經大條又厚臉皮不怕死的傢伙，此時正微微地顫抖著。

「……啊——是亞莉納小姐呢。」

頭上傳來故作開朗似的，開朗到奇妙的聲音。

「是亞莉納小姐……」

聽到那聲音，亞莉納閉上嘴，停止了動作。

傑特的臂彎很暖，可以感受到生命的熱度。沒有突然知道許勞德死訊時的那種，殘忍又冰冷的氣息。

「……」

沒辦法，亞莉納卸下全身的力氣，閉上雙眼，安靜地靠在傑特懷中，模糊地感受他的微弱的溫度，同時輕輕地呼出一口氣——

下一秒，亞莉納便一腳踹飛了傑特。

「啊啊啊啊！」

亞莉納居高臨下，冷冷地看著再次摔倒在地上哀號打滾的傑特，皺眉啐道：

「可以別用渾身是血的身體貼著我嗎？制服會髒掉的。我明天還得上班哦？」

「好過分！」

「你就喝這個吧。」

亞莉納把一個裝著半透明液體的小瓶子扔給傑特。

「……魔法藥水？為什麼櫃檯小姐（亞莉納小姐）會有這個……？」

「這是我的加班良伴哦。是我上次囤貨時買的最後一瓶。因為我剛才在加班，所以已經喝了一點……之後要十萬倍還我哦。給我記好了。」

傑特看著只剩半瓶的小瓶子，眼睛睜得老大。

「和亞莉納小姐間接接吻嗎!?!?」

「我要打爛它哦。」

「那我就卻之不恭了。」

亞莉納側眼看著一邊被血嗆到，一邊喝下藥水的傑特，毫不放鬆地注視著黑暗深處。

埋住席巴的那堆瓦礫小山，正晃動不已。最後，瓦礫小山垮掉，席巴若無其事地起身。

「哈哈哈哈……」

只見席巴的側額流著血，大聲乾笑。他不像剛才那樣頗有餘裕地裝模作樣，而是瞪大了充滿血絲的眼睛，氣勢洶洶地朝亞莉納走來。

「居然能打飛我。妳挺行的嘛。用戰鎚的小丫頭啊。」

魔神發出的異樣殺氣，使亞莉納舉起戰鎚警戒。但席巴仍然一步一步地接近。

「那個男的也是，居然能撐過那麼猛烈的攻擊——精彩。給了我不少樂子。」

隨著席巴的腳步，他的身體開始發光，傷口逐漸復原。最後就連從額頭流下的血也消失了。見狀，亞莉納皺眉：

「傷口好了……？」

「那是露露莉被他搶走的技能效果。只要技能還在發動，不管受多重的傷都能痊癒。」

「什麼啊，那也太犯規了吧!?」

「犯規？不。我只是『全能』罷了。」

席巴殘忍地勾起嘴角。

「稍微拿出點真本事好了。」

說完，技能之光從鑲在他心窩的詭異黑色石塊迸射而出。

「呼喊吧，〈巨神的暴槍〉！」

席巴握住再次出現的銀槍，猛然朝亞莉納逼近。來不及躲開——明白這點的亞莉納不退反進，以戰鎚迎擊突刺而來的槍頭。

錚！戰鎚與銀槍正面碰撞。衝擊波頃刻迴蕩於整個房間。互相拉鋸的力量，使交錯在一起的武器顫抖不已。

「嗚……！」

亞莉納無法繼續揮動戰鎚。感覺就像有一道巨大的牆壁擋在前方似的，不論如何使力，都無法把戰鎚向前推。不只如此，自己的腳還反被推得漸漸向後滑動。

「哈哈哈哈！怎麼樣啊小丫頭？剛才的氣勢呢！呼喊吧，〈巨神的裁劍〉！」

魔法陣忽地於亞莉納身後展開，生成四把銀劍一齊向亞莉納毫無防備的後背襲來。

「……！」

「亞莉納小姐！往下躲！」

瞬間，亞莉納讓戰鎚消失，鑽到銀槍下方，躲開長槍猛烈的突刺，與身後襲來的長劍錯身而過——

「……！〈巨神的破鎚〉！」

她再次喚出戰鎚反擊。向上躍起，瞄準因劇烈交鋒出現的短暫僵直時間。

「喝啊啊！」

亞莉納的戰鎚直擊席巴的臉。咕砰！沉悶的聲音響起，這一擊紮實地打入了魔神的體內。

「成功了嗎!?」

視野被揚起的煙塵阻礙。確實有毆打的手感傳來。是到目前為止，一擊擊殺所有敵人的強烈打擊，就算是魔神，也不可能安然無事才對。

——忽然，亞莉納背脊一陣發涼。

「……！」

瞬間，她毫無根據地向後跳開。幾乎同時，石破天驚的一閃穿過灰色的煙塵，劃破亞莉納方才所在之處。

假如再晚一瞬退開，亞莉納的身體想必已經被一分為二了。

亞莉納驚險地迴避了那記攻擊。但身體仍然因強烈的風壓而失去平衡，整個人被吹起，在地上打滾。視野不斷旋轉，直到撞上牆壁才總算停下。她抬起頭，發現自己被吹飛得老遠。

「……」

眼睛下方的皮膚微微地刺痛。接著溫熱的液體流過臉頰。就被前後夾攻的情況來說，只受了這種程度的傷，可以算是奇蹟了吧。

「亞莉納小姐，妳還好嗎……！」

傑特拖著腿，朝亞莉納走來。明明他自己的傷勢要重得多，可是在見到劃過亞莉納臉上的紅色線條時時，還是露出了苦澀的表情。

「——剛才的攻擊很不錯，小丫頭。可惜妳挑錯戰鬥對象了。」

平靜的聲音響起，亞莉納理解到自己的直覺是對的。她不甘心地瞪著煙塵。等到塵埃落定時，毫髮無傷的魔神佇立在眼前。

「毫……毫髮無傷!?」

傑特揚起驚愕的叫聲。

「這種程度的力量，不可能破壞我的身體。」

亞莉納與魔神四目相對，坐了起來。

她本來就隱約察覺了，就如席巴所說的。不管怎麼毆打，都沒有過去一擊擊殺魔物時的那種手感。魔神的身體，比她過去遇過的任何魔物都來得強韌。

「不過，妳似乎擁有和創造出我的『傢伙』們，差不多的力量呢。」

席巴邪笑著，隨意地舉槍，指著亞莉納說道。創造出魔神的「傢伙」……就是製造出魔神

這種遺物，在他身上刻下神之印的先人。

「既然如此，妳就沒有道理勝得過我。」

「……什麼意思？」

「咯咯。我今天心情很好。就大發慈悲地告訴你們吧。反正你們註定要死。」

席巴愉快地笑著，高舉左腕，表情因愉悅而扭曲。

「因為那些傢伙，那些愚蠢的人類……全都被本魔神的手，**一個不剩地吃光了**。」

「……啥……？」

身旁的傑特錯愕地叫了一聲。

「……等……等一下……那就是說……滅絕先人的是……魔神!?」

「沒什麼好驚訝的。弱肉強食是世間的真理。」

刻在席巴的側額、先人製作的遺物證明，神之印依舊淡淡地發著光。假如知道自己會被消滅，先人就不會製造這種遺物了吧。

然而基於超卓的技術與貪婪的求知欲，先人製作出了這種具有自我意志的超然遺物——

「魔神」，親手將自己導向滅亡。

「……不過，那些傢伙都沒什麼骨氣。憑他們的力量，也完全傷不了我這魔神的身體。」

「什麼……!?」

魔神若無其事地說出令人絕望的事實。

先人的力量。也就是神域技能，對魔神毫無作用。

「……就連……神域技能……也不管用……嗎──」

親自體會過魔神威力的亞莉納，知道魔神並非虛張聲勢。就算沒有任何防護，被神域技能〈巨神的破鎚〉打擊，魔神也依然毫髮無傷。

最重要的是，擁有神域技能的先人在一夜之間滅亡的事實，比千言萬語更能證明魔神壓倒性的力量。

「這樣就知道了吧。和那些傢伙力量相當的妳，是沒辦法打倒我的。」

「…………」

沉重的沉默，壓迫在兩人身上。

亞莉納的攻擊完全不管用。不只如此，只要挨到魔神的一記攻擊，就有可能當場死亡，也沒有治癒或防禦的手段。至於魔神，不但能同時使用複數的神域技能，還不會疲勞，能無止盡地戰鬥──

贏不了。

好像聽見傑特小聲地說了。

他並非對太過強大的敵人而絕望。他有著身為盾兵的冷靜思考，正因為比起勝利，盾兵的

職責是以同伴的生存為最優先，他才能接受這個現實。

能勝過眼前這壓倒性存在的方法，只有一個。

「——……亞莉納小姐……我已經沒有能以〈鐵壁守護者〉硬化的盾牌了。」

傑特悄聲地告訴亞莉納：

「至於周圍那些瓦礫，也沒辦法擋住那槍的攻擊。」

「……所以呢？」

「我會讓自己成為肉盾。妳就像剛才那樣出其不意地偷襲他……然後趁機逃走吧。」

「……」

亞莉納移開視線，不同意也不反對地沉默不語。

一會兒後，她低聲開口：

「不要。」

「已經沒有其他方法了……！亞莉納小姐，我是盾兵。讓我保護妳到最後一刻吧。」

「不要。」

「可是……！」

「不要!!」

亞莉納抹去臉頰上的血，站了起來。

「——既然你說自己是盾兵……」

她低聲喃喃，學不乖地再次舉起戰鎚，用力握緊握柄，瞪著無敵的魔神——蹬地朝席巴欺身而去。

「……就算是櫃檯小姐（我），也有不能退讓的事！」

「沒……沒用的亞莉納小姐！別再試了！」

無視傑特的制止，戰鎚挾著亞光速的重力加速度之勢呼嘯而去，與席巴的長槍碰撞在一起。

「哈！不管幾次都一樣。憑妳的力量是贏不過我的！」

雙方比拚起力氣，戰鎚進退兩難，只是徒然發出金屬磨擦時刺耳又令人不快的聲音。即使如此，亞莉納還是繼續灌注力量。

「我總有一天、一定、要過著理想中的平穩生活……只有這點我絕不退讓……！我要當安全又穩定的櫃檯小姐！悠悠哉哉地工作！每天準時下班！還有……!!」

還有。亞莉納用力咬牙，瞪著佇立於眼前的威脅。

「讓所有人好好地回來！沒有回來的話，就算賭上一口氣，我也要把人帶回去……！」

劈哩，就在這時，奇妙的聲音響起。

「嗯……？」

席巴的雙腳開始向後滑。

同時，銀色戰鎚發出無法抑制的憤怒意志。那怒氣使空氣扭曲，捲起漩渦，在黑暗中，亞莉納翡翠色的眼眸明滅著搖曳的光芒。

劈哩、劈哩，席巴的銀槍不斷發出龜裂的危險聲音——

「我才……不准——！」

——錚！一道尖銳的聲響迸裂，長槍碎裂崩解了。

「哦!?」

「你們隨隨便便死在這種地方——！！！」

攜帶著強烈憤怒的戰鎚擊碎長槍後，餘勢不止地擊中了席巴，將他一直線打飛到牆壁上。

撞上牆壁的席巴發出轟然巨響，但是他從瓦礫中起身時，傷口已經開始復原了。只見被戰鎚破壞的長槍碎片化為白光，從前端開始分解消逝。

儘管如此，魔神仍然無畏地發出低笑。

「有趣……這小丫頭真是太有趣了！呼喊吧〈巨神的裁劍〉！」

無數魔法陣展開，密集到足以重疊在一起，大量魔法陣發出的光芒照亮了整個房間。從魔法陣中出現的大量長劍不留一絲空隙，全都將劍尖指向亞莉納。

「……！」

「哈哈哈哈！妳已經無處可逃了！這數千之劍會追著目標到天涯海角！直到穿透獵物的心臟，把靈魂獻給我為止！」

——壓倒性的。

幾乎淹沒空間，超過上百支的劍只為刺殺一人的光景，只能以壓倒性來形容。銀色的長劍無法一次包圍住亞莉納，在亞莉納上空形成二重、三重的包圍。

「這是……什麼數量……！可惡……！」

比誰都清楚〈巨神的裁劍〉有多可怕的傑特，拖著無法活動的右腿，一面在地上留下血痕，一面拚命地想朝亞莉納前進。由於使用了太多次技能，他已經疲累到無法以〈滿身鮮血的終結者〉將銀劍的目標改成自己了。不只如此，無法隨心所欲活動的身體，甚至不能成為肉盾

——傑特焦躁地大叫：

「夠了……夠了！亞莉納！快過來我背後！用我的命當盾牌吧！」

「所以、我就說、我不要了啊！」

亞莉納頑固地站在原地，不肯移動。因為她知道就算迴避也沒用。亞莉納深深低下身子，反手握著戰鎚，僅僅安靜地盯著數量駭人的銀劍。

「我一定要活著回去。而且絕對不會讓這混帳笨蛋跟蹤狂蟑螂白銀、露露莉、勞……不會讓任何人，死在迷宮（這種地方）裡！」

許勞德的側臉閃過腦中。

從他那兒學到的經驗。錐心刺骨的痛。早已放棄的，不切實際的夢想。

從那天起，亞莉納的想法有了一八十度的轉變。她決定踏實地活著。也從不後悔這個決定。事到如今也不打算推翻。雖然不知道這個堅持是否正確——可是，有件事是肯定的。

她再也不想嘗到許勞德死去時的那種疼痛了。

那正是亞莉納所追求的「平穩」。

「哈，居然不逃，很有覺悟嘛小丫頭。不過妳還是要死在這裡！滅裂之劍啊！」

聽隨號令，駭人的劍雨伴隨著轟然的聲響傾落而下。

「亞莉納……——！」

傑特的吶喊也被淹沒在磅礴的劍雨聲中。亞莉納正面注視著那似乎要把人削成肉片的銀灰色暴風雨，加重了握柄的力道。

自己以兩年前突然發芽的這股力量，擊潰了所有的不合理至今。不管是魔物還是公會會長，只要是會妨礙自己追求理想中平穩之路的人東西，全都以力量制伏它們。

所以，這次應該也能做到才對。不可能只有這次不行。

「只要是妨礙到我的『平穩』的傢伙……不管是誰，我都會全部打飛!!」

亞莉納自右而左地打橫揮動戰鎚。

砰！低沉的咆哮聲響起，暴風吹亂了整個房間。從眼前猛然落下的劍雨因戰鎚的一揮而粉碎，身後的劍雨則被風壓吹散。接連襲來的數千之劍，一把不剩地被戰鎚的吐息驅逐四散——

「什……」

暴風止息後，只剩亞莉納安靜地站在原地。

「光靠風壓，就彈開了我的技能……？」

席巴詫異地說著，傑特聞言倒抽了一口氣。因為他發現亞莉納的戰鎚，出現了前所未見的變化。金色的光點，逐漸纏繞在原本鑲有銀色裝飾的戰鎚上，一陣強烈的光芒過後，戰鎚變得燦然生輝，足以照亮整個房間。

「那……那是什麼……那道技能的光是——」

「還真是會……搞這些小把戲呢……！呼喊吧，〈巨神的妒鏡〉！」

鑲有銀色裝飾的圓鏡回應席巴的聲音，憑空出現。擁有奪走映在鏡中人物的力量的鏡子反射著光線，逐漸映照出亞莉納的身影。

「！不能被那鏡子照到！」

傑特連忙出聲警告，但已經太遲了。亞莉納的全身已經被映在鏡中了。鏡子發出強光，想奪走〈巨神的破鎚〉。

「哇哈哈哈哈！小丫頭，妳這力量不錯嘛！正適合我這魔神使用！」

……啪嘰。

然而發出奇妙聲音的，是鏡子。

映出亞莉納身影的鏡子光芒逐漸變弱，劈哩、劈哩，鏡面發出令人不舒服的聲音，慢慢出現裂痕。最後「砰」的一聲，鏡子粉碎了。

「什——」

除了長槍，連鏡子也粉碎消散的事實，終於使席巴呆住了。

「魔神的鏡子……破了!?」

傑特也震驚地看著毫無抵抗之力地粉碎的鏡子。因為，那和亞莉納破壞葛倫的超域技能〈時間觀測者〉時，是同樣的原理。

也就是說，以更高位格的力量，蹂躪下位的力量。

「怎麼可能……!?」

席巴的臉上第一次出現焦慮之色。他警戒地看著亞莉納，一步、兩步地後退。最後朝地面一蹬，想向後退開。

「呼……呼喊吧！〈巨神的〉——」

「太慢了。」

然而亞莉納早已繞到他的後方。

連察覺氣息都來不及的速度，讓席巴錯愕地瞠目。

「什麼……速度遠比剛才快多──!?」

啪咻，奇妙的聲音響起。

是亞莉納以散發著不可思議光芒的戰鎚，擊中魔神胳膊的聲音。飄散著金色光點的打擊，以那萬鈞之力，讓魔神的整隻右臂從肩膀處斷裂。

「咕……咕啊啊啊啊啊!!」

斷臂處大量鮮血狂噴，魔神摔落在地上。

「……妳……妳這……！竟敢把我的手──呼喊吧、〈巨神的暴槍〉！」

席巴又立刻起身，劇烈的憎恨使他雙眼布滿血絲，他揮動殘存的左臂，朝還在空中的亞莉納扔出長槍。長槍如箭矢般射來，亞莉納身子輕飄飄地一扭便躲開了攻擊，長槍只徒然地劃破虛空。

「怎……怎麼可能……！」

席巴氣息紊亂，以見到駭人事物的眼神，看著悠然著地的亞莉納。接著，他看向自己缺了右臂的身體。魔神的臉色鐵青，表情逐漸轉變為恐懼。

「竟然破壞了我的身體……！」

「──在我的『平穩』生活裡啊。」

魔神肩膀一顫，連忙將視線移回，亞莉納朝他走了一步。

「不會再有『什麼人回不來』之類的事情。因為我不允許。」

亞莉納讓戰鎚轉動一八十度。將敲擊面從平面，換成能確實撕碎對手的尖銳鳥喙那側。席巴見狀，表情抽搐起來。

「……不……不可能……竟然能超越全能的魔神——」

每當亞莉納凝聚力量，戰鎚上迸裂的金色光芒就愈發明亮，連僅存的陰影都被驅散。在那幻想般的光景中，亞莉納可愛的制服裙襬飄動著，本人卻擺出普通的櫃檯小姐不可能做出的動作——將巨大的戰鎚抵在腰際，繼續蓄積力量。

「為了……我的……！『平穩』！你就！」

「不可能！居然超越了魔神！不可——！」

「去死吧啊啊啊啊啊啊啊啊啊啊——！！！」

踏碎堅硬的地板高高躍起，亞莉納朝魔神飛身而去，灌注全身的力量揮下戰鎚。

「咕噗啊啊啊！」

戰鎚的一擊拖曳出一條光之尾巴，銳利的尖喙狠狠地啄入魔神的身體。穿肉破骨，從背部貫穿，大量的黑血從魔神體內噴濺而出。

被戰鎚穿胸透背的席巴倒在地上，總算沒有爬起來的跡象了。

不對，正確來說，是就算想爬起來，也再也無法起身了。因為他的上半身被捅出一個大窟窿，身周流出超過致死量的血，本應在該處的心臟也完全破碎了。

「……居然破壞了連先人也打不倒的……魔神的身體……」

在重歸寂靜的空間中，傑特的自言自語聲打破了沉默。

「意外地不難解決呢。」

亞莉納將戰鎚擱在肩膀上，呼了口氣。方才的金色強光已然消失，變回原本的銀色戰鎚。

「一般來說不可能啦……一般來說……」

亞莉納無視半是傻眼的傑特的吐槽，看向席巴。

「……妳……妳這、不過是個人類……！」

被戰鎚穿透身體的席巴，已經無法發出治癒之光了。身上多出一個大洞，就生物而言已然變形的他，只剩嘴巴還能活動。

「魔神……必須比任何人都強……都全能……否則就沒有誕生的價值……！」

身體實在無法活動，在勉強著說話時，還不斷混入咻咻的氣音。儘管如此，席巴仍然以憎

恨的眼神瞪著亞莉納。

「是嗎？那還真遺憾。如果你沒有妨礙我加班，說不定還能活著呢。」

「……亞莉納小姐，那句是反派在講的臺詞哦。」

「我不接受……！」

不肯認輸的席巴在手上用力，想撐起身體，但只落得各處喀喀作響、瘋狂吐血的下場。他的手不住地顫抖，已經沒有撐起身體的力氣。

「我不接受……我不接受……！我才沒有輸……！我一定要吃了妳……！」

「還真是不死心呢。你已經完了啦。」

亞莉納乾脆地點出事實，但魔神反而低笑起來。

「完了……？咯咯……哈哈哈哈……妳說什麼完了……？」

「……？」

就打輸的人放狠話來說，過於張揚的態度，使亞莉納皺眉。魔神吊起染滿血的嘴角，說出駭人之語。

「妳以為……世界上只有我一個魔神嗎？」

「啥……啥——!?」

對亞莉納來說，這句話近乎挖苦。得花這麼大力氣才能打倒的存在，居然不只一個，簡直

豈有此理。似乎對亞莉納明顯厭惡的表情感到愉快，魔神瞪大眼睛，張口大笑道：

「我絕不接受……！世界上……有超越魔神的存在……！咯咯……哈哈哈哈哈哈！妳的力量……我們『魔神』一定會得到手！第二、第三個魔神一定——」

「吵死了！」

「咕啊！」

席巴還沒嘲弄完，亞莉納的戰鎚已經往他的腹部敲下了。

巨大的戰鎚，毫不留情地全力擊向席巴的心窩——連同鑲在那兒、不斷發出詭異黑色光芒的石頭一起。

啪嘰！石頭發出碎裂聲的瞬間，席巴雙眼向上翻白。

接著，四肢一軟，無力地垂下頭，他的身體伴隨著白光煙消霧散。

「………………………………………那個。」

亞莉納看著逐漸消失的白光，自語道：「總算死了。」身後的傑特戰戰兢兢地開口。

「……他好像……還想說什麼耶……魔神……」

「手下敗將只要閉嘴快點去死就可以了。」

「妳是鬼吧……！」

傑特打了個寒顫，從消失得無影無蹤的魔神原本的所在之處，撿起碎裂的黑色石頭。那黑

石已經沒有詭異的感覺，沒有任何動靜，也不會發出技能之光，取而代之的，是可以從那半透明石頭中，隱約看見的一個小小的太陽魔法陣。

「神之印……是遺物呢。這就是魔神的心臟嗎？」

呼，傑特脫力地一屁股坐在原地，仰頭看著上方。

「不過，魔神啊……又出現了麻煩的東西呢。」

亞莉納收起戰鎚，拍著衣服，哼道：

「先說清楚，這次我是因為暫時協助你們才會來的，以後的事情都和我無關——魔神最後說了什麼，我全都沒聽到哦。」

「我就知道妳一定會這麼說。」

「怎樣，你有什麼意見嗎……？我可是丟下工作來的。如果待在辦公室加班，我明天就能準時回家了，託你們的福，我明天也要加班哦!!」

「我我我我知道啦，對不起……！」

見亞莉納眼神凌厲地逼近，傑特連忙道歉，「不過啊」，他又繼續道：

「多虧亞莉納小姐，大家都活下來了。謝謝妳。」

「……」

亞莉納抿著嘴唇別過頭，不看笑容滿面的傑特。現在躺在地上的，不是他冷冰冰的屍體，

真是太好了——因為她也這麼想。

可是她不想承認，自己和傑特有相同的想法。

就在這時，門口傳來隱約的吵鬧聲。「傑特！」同時也響起露露莉的呼喚聲。

兩人回頭一看，勞與露露莉正衝入房間裡。見兩人無事，露露莉原本就哭腫的眼睛再次撲簌簌地流起淚來，她撲到亞莉納身上。

「謝、謝謝妳，謝謝妳亞莉納小姐……！嗚哇，嗚哇啊啊啊啊!!」

勞也把傑特的手環自己肩上，「你這個笨蛋隊長！」以半是欣喜、半是責備的複雜神情笑道。傑特則一臉愧疚地刮著臉頰。

「……」

看著因彼此沒事而歡欣鼓舞的冒險者們，亞莉納忍不住微笑起來。

她有點羨慕那光景。

他們的模樣在瞬間與許勞德的隊伍重疊了。只要一個選擇，或是一個瞬間的決定有所不同，許勞德他們一定也會有這樣的未來。

（不過——）

能防止差點發生在眼前的悲劇，就可以了。亞莉納心想。放棄明天準時下班的決定，一定是有價值的——

38

「……加油添醋過頭了吧……」

深夜，安靜的伊富爾服務處。亞莉納在辦公室裡看著攤開的報紙嘆氣。

以『攻略白堊之塔　特別號』為標題的報紙，把幾天前攻略白堊之塔的事大肆渲染成美談。就連公會會長也在事件後親自發表聲明「想親自表揚處刑人，給他最高的榮譽」，面不改色地如此鬼扯。

我才不需要那種東西，我只希望加班的日子快點結束。

公會會長葛倫與自己的約定——增加伊富爾服務處的櫃檯小姐人數，讓亞莉納不需要加班，由於會長說需要一些時間，因此尚未實行。亞莉納只能一面引頸盼望那一天快點來臨，一面繼續加班。

「唉……好想回家……我累了……」

亞莉納嘀咕著，同時打開抽屜，手在裡面摸索著。但是沒摸著魔法藥水，能強迫讓人類打起精神的魔法飲料。對了，最後一瓶給那傢伙了。

「……算了，至少處刑人的真實身分沒有曝光就好……」

亞莉納頹廢地趴在桌上。

其實她已經有所覺悟了——公會總部的衛兵們把處刑人的真實身分說出去，事實在世間廣為流傳，從此再也無法穿上櫃檯小姐制服的覺悟。

結果現實平凡得無趣，她仍然過著一如往常的日常生活。就連像此刻這樣加班加到筋疲力盡，也完全一如往常。關於那些衛兵，葛倫只告訴她「我已經下達封口令了」。因為她稍微窺見了組織的黑暗面，所以決定不去深究，但多虧如此亞莉納的真實身分才沒有曝光。

「啊——啊，到底要加班到什麼時候啊。都是因為頭目被打倒後，雜碎們一口氣全跑出來的關係……」

亞莉納一如往常地皺眉抱怨著。

白堊之塔攻略完畢後，其周圍接連發現了新的迷宮。由於《白銀之劍》在白堊之塔受到重大的打擊，暫時無法活動，因此其他「自認高強」的冒險者們，紛紛前往挑戰那些新迷宮，不出意外地，攻略一直沒有進展。

好不容易攻略完白堊之塔，結果亞莉納還是落到非加班不可的下場。

「快點解決啦……只不過是個迷宮頭目啊啊啊……」

亞莉納嘆著氣，然而，她突然想道。

（……不過，冒險者也很努力了呢。）

為了追求成果，明知有危險，他們仍然會前往迷宮。傻了才會去從事那種充滿風險的工作。是我的話絕對不幹。雖然是這麼想的。

「……」

可是，亞莉納忽然想起幾天前在白堊之塔見到的光景。確認同伴們平安無事時那由衷欣喜的模樣，亞莉納沒來由地懂了。

啊，原來如此，這就是冒險者選擇的工作。

就像明明得加班，亞莉納還是想當櫃檯小姐一樣，不論會遇上什麼樣的危險，他們還是會繼續當冒險者。因為那是自己選擇的道路。到頭來，不管是櫃檯小姐或是冒險者，都會為了自己不想退讓的部分，願意曝露在這些風險之下走下去。兩邊都是一樣的，雖然傻，但很崇高，都有為了某些理想而拚命努力的部分。

──既然那些傢伙都在努力了，我也再稍微努力加班一下吧。

亞莉納心想。不過加班仍然是一件罪惡的事，就算再忍耐，頂多也只能再撐個三分鐘左右不抱怨──

「亞莉納小姐！」

就在這時，不該此刻在這裡聽到，也不想聽到的聲音響起，亞莉納的臉立刻冷了下來。

她朝聲音傳來的方向──已經關閉的櫃檯窗口走去，見到昏暗的大廳中有一名入侵者。傑

特・史庫雷德。

「……」

你是怎麼闖進已經上鎖的伊富爾服務處的？對於這個男人，亞莉納已經懶得再多問了。取而代之的是皺起的眉間，她低聲擠出聲音：

「我，正在，加班中哦……？」

「我知道啊，所以才來的。」

傑特莫名得意地以鼻孔噴氣。但他的樣子看起來實在很慘。

他身上沒有平時隨身穿戴的護具和武器，只穿著薄上衣，可以從前方敞開的部分見到纏滿繃帶的上半身。除此之外，雙手也同樣纏滿繃帶，左手甚至得用布塊吊掛在脖子上。由於右腳無法活動，還得以拐杖支撐才能行走。

明明一副重傷人士的樣子，但是一見到亞莉納，傑特立刻神采飛揚，臉上充滿活力。

「亞莉納小姐今天之所以要加班，有一半是我害的。所以我想來幫忙！」

「不用了。」

「……」

「是說為什麼你可以這麼活蹦亂跳啊？就連露露莉的力量，也沒辦法立刻治好你不是嗎？」

露露莉被魔神席巴奪走的技能，在鏡子受到破壞後似乎就回到她身上了。可是傑特的傷勢太重，即效性的治療無法產生效果，必須在家裡靜養一陣子，暫時不能進行冒險者的活動，全數痊癒則需要三個月的時間——亞莉納是這麼聽說的。

「雖然渾身是傷，可是我精神很好哦。所以我很閒嘛。」

「……你那身精力到底是從哪裡來的啊……」

聽說傑特的情況後，亞莉納察覺到一件相當驚人的事。既然傑特的傷勢嚴重到連優秀的補師露露莉的治癒光都沒有效……那麼當時亞莉納給傑特的市售便宜魔法藥水，應該也不管用才對。更何況那還是已經喝過的，所以藥水量不足以產生一定程度的效果。

也就是說，這傢伙當時一直是在瀕死的狀態下活動。就算是亞莉納，也不由得對那不死之身般的體力感到不敢恭維。

「呵呵呵，那當然是因為……」

傑特得意地挺起纏滿繃帶的胸膛：

「多虧了亞莉納小姐喝過、充滿愛的魔法藥——」

「給我去死吧！」

「嗚噗！」

亞莉納一拳揍在傑特臉上，讓他的臉皺成包子。接著又無視傑特的傷勢，一把揪起他胸前的繃帶：

「所以你想怎樣？又在我加班時跑來這裡，到底想幹嘛？想找死嗎？」

「因為妳回自己家了嘛──」

「我溫馨的家修好了！我當然要搬回去啊！」

「可是我想讓妳照顧我嘛……」

「給我閉嘴躺好！」

亞莉納啐道，大大地嘆了口氣。

唉，結果什麼都沒有改變。

房子恢復原樣、處刑人的真實身分沒有曝光、一如往常地加班、就連這個跟蹤狂也一樣愈來愈死纏不放。雖然煩人的現狀什麼都沒有改變──

「……傑特。」

「什麼事？」

「幫我處理文件。」

亞莉納小小聲地嘟囔道。

傑特一聽，眨眼間笑得心花怒放，相比之下亞莉納則是不高興地皺眉。可是已經管不了那麼多了。就算要借用這個跟蹤狂的力量，她也想早點回家睡覺。

「唉……照這個樣子，明天也要加班啊。」

亞莉納一邊抱怨，一邊心想。

雖然現狀沒有任何改變——不過總覺得，明天好像也能繼續努力。

終

後記

對了，來寫個把加班和所有討厭的事，全部用武力解決的女孩子的故事吧——

某一天，我在深夜的職場，慢吞吞地嚼著超商買的飯糰當宵夜時，累得昏沉的腦袋突然閃過這個想法，那就是我寫出本書的契機。

之後，我趁著晚上加班或假日加班的空檔，花了一年左右的時間，一點一點地寫出了這個作品。作夢也沒想到，本作居然能得到第二十七回電擊小說大賞的金賞，真是太意外了。

大家好，我是香坂マト。

雖然說這些很突然，但我是個笨拙的人。經常主動朝著會讓自己很辛苦的方向前進，直到實際體會到「啊，這麼做會很辛苦」為止，才總算明白這麼做會很辛苦。

本作的主角亞莉納也是這種笨拙的人。不過，雖然她很笨拙，但還是找到了自己的答案。有時會對冒險者口吐惡言，有時會毆打迷宮頭目，儘管如此，但她仍然堅持著自己的信念，努力做好櫃檯小姐的工作。希望讀者們在見到這樣的她後，能覺得自己明天也能再努力一下。

……

…………

對不起！雖然說了這麼多漂亮話，其實我是以「唔噢噢噢噢噢不管是上司還是公司還是加班通通氣死了人我要（在小說裡）全部幹掉他們啊啊啊啊————!!」的心情寫作的。假如人也有這種想法，我懂你們哦！讓我們一起和亞莉納吼叫，發洩鬱悶，明天再開始努力吧。就算明天不一定陽光普照，可是今天的行動也一定能讓自己得到什麼，一定是有價值的……！

抱歉汙了大家的眼睛。如果有先看後記才看本文派的人，本書就是這種感覺的故事，希望您會喜歡。

最後是謝辭。

感謝在這樣的作品中見到可能性的編輯部的各位。感謝在百忙中抽空指導我，沒有放棄平庸的我的責任編輯吉岡大人與山口大人。感謝一直支持鼓勵我的創作伙伴。感謝讓我學到各種經驗的、冷酷又溫柔的現代社會……最重要的，是要由衷地感謝購買本書的讀者大人您。非常感謝！

希望有機會能在下集與您再會。

輕小說

雖然是公會的櫃檯小姐，但因為不想加班所以打算獨自討伐迷宮頭目1

（原著名：ギルドの受付嬢ですが、残業は嫌なのでボスをソロ討伐しようと思います）

作者：香坂マト

插畫：がおう

譯者：呂郁青

日本株式会社KADOKAWA正式授權中文版

【發行人】范萬楠

【出　版】東立出版社有限公司

台北市承德路二段81號10樓　TEL：(02)2558-7277

【香港公司】東立出版集團有限公司

香港北角渣華道321號　柯達大廈第二期1207室　TEL：23862312

【劃撥帳號】1085042-7

【戶　名】東立出版社有限公司

【劃撥專線】(02)2558-7277 總機0

【美術總監】林雲連

【文字編輯】陳其芸

【美術編輯】王　琦

【印　刷】勁達印刷廠

【裝　訂】台興印刷裝訂股份有限公司

【版　次】2022年05月24日第一刷發行

2024年06月08日第二刷發行

GUILD NO UKETSUKEJO DESUGA, ZANGYO WA IYANANODE BOSS O SOLO TOBATSUSHIYO TO OMOIMASU Vol.1

Edited by 電撃文庫

First published in Japan in 2021 by KADOKAWA CORPORATION, Tokyo.

Complex Chinese translation rights arranged with KADOKAWA CORPORATION, Tokyo.